ラヴィアの身体から
立ち上る魔力は火の粉のように
きらめき――
察知されない
最強職《ルール・ブレイカー》
8
三上康明
Yasuaki Mikami
八城惺架
illustration

「はあああああッ！」
ヒカルの抜いた武器と、
クツワの予備の
ダガーとがぶつかる——。

「おおおおおぉ！」
「！」

「君、じっとできるかな？」
少年が戸惑っていると、
仮面の修道女の手が額に当てられた。

彼は尊敬する教皇ルヴァインが
笑っているのを見て――

「――ヒカル？」
「ああ、大丈夫。問題ない」
ヒカルはポーラとラヴィアの手を左右の手でつかんで「集団遮断」を発動した。

INTRODUCTION

隠密VS.直感

8

絶大な影響力を及ぼす教会組織のトップ、
新教皇ルヴァインの「護衛」を頼まれたヒカル。
しかし、これは「難題」だった。
教導国内でも最高武力集団である
テンプル騎士団の団長は、
ルヴァインを新教皇と認めないばかりか、
停戦交渉のために皇国に向かうルヴァインを
妨害しようとする。
さらに皇国でも「諜報部《ちょうほうぶ》のエース」とされる
スパイが現れ、ヒカルの前に立ちふさがった。

冒険の舞台は聖ビオス教導国から
クインブランド皇国へ。

次から次へと降りかかる難題を乗り越えるため、
ヒカル、ラヴィア、ポーラの3人は
それぞれが銀の仮面を身につけて、
夜の皇都で暗躍する。「隠密《おんみつ》」対「直感」の戦いは、
皇国の中枢さえも巻き込んでいくのだった。

察知されない最強職《ルール・ブレイカー》 8

三上康明

ヒーロー文庫

察知されない最強職《ルール・ブレイカー》 8

illustration 八城惺架

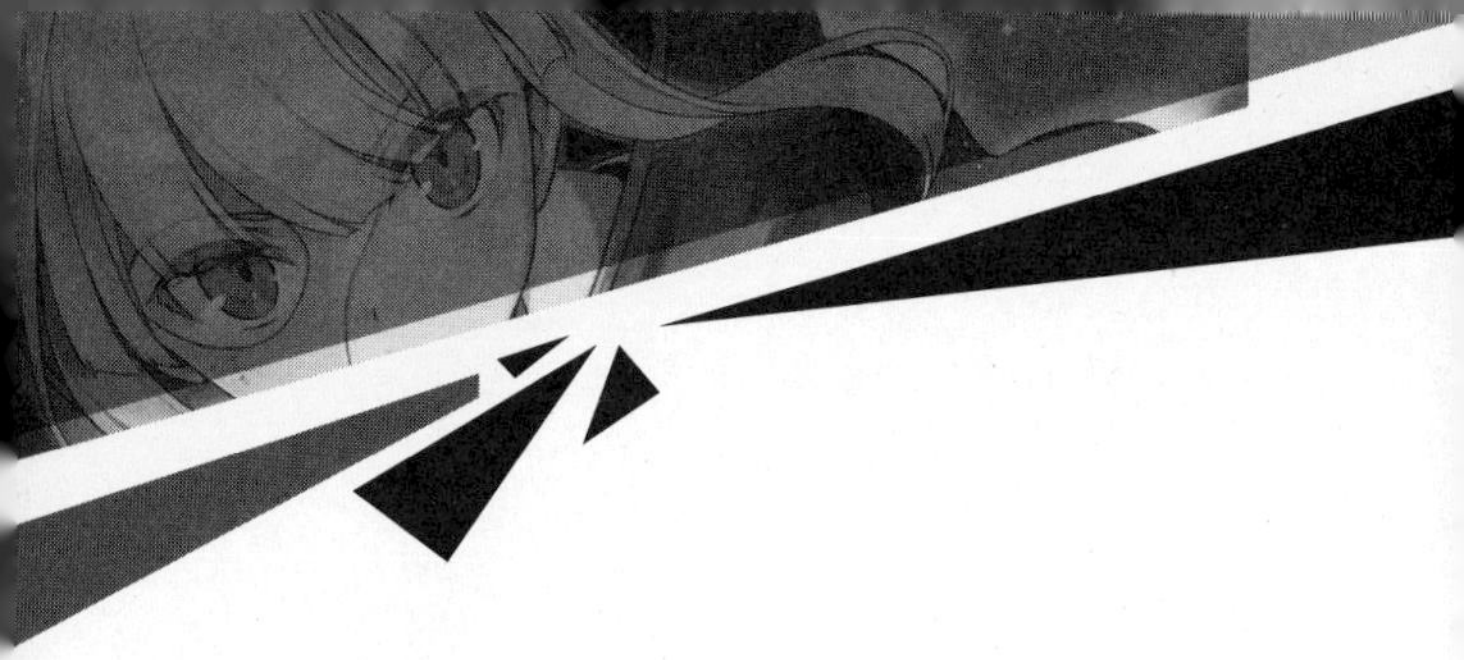

CONTENTS

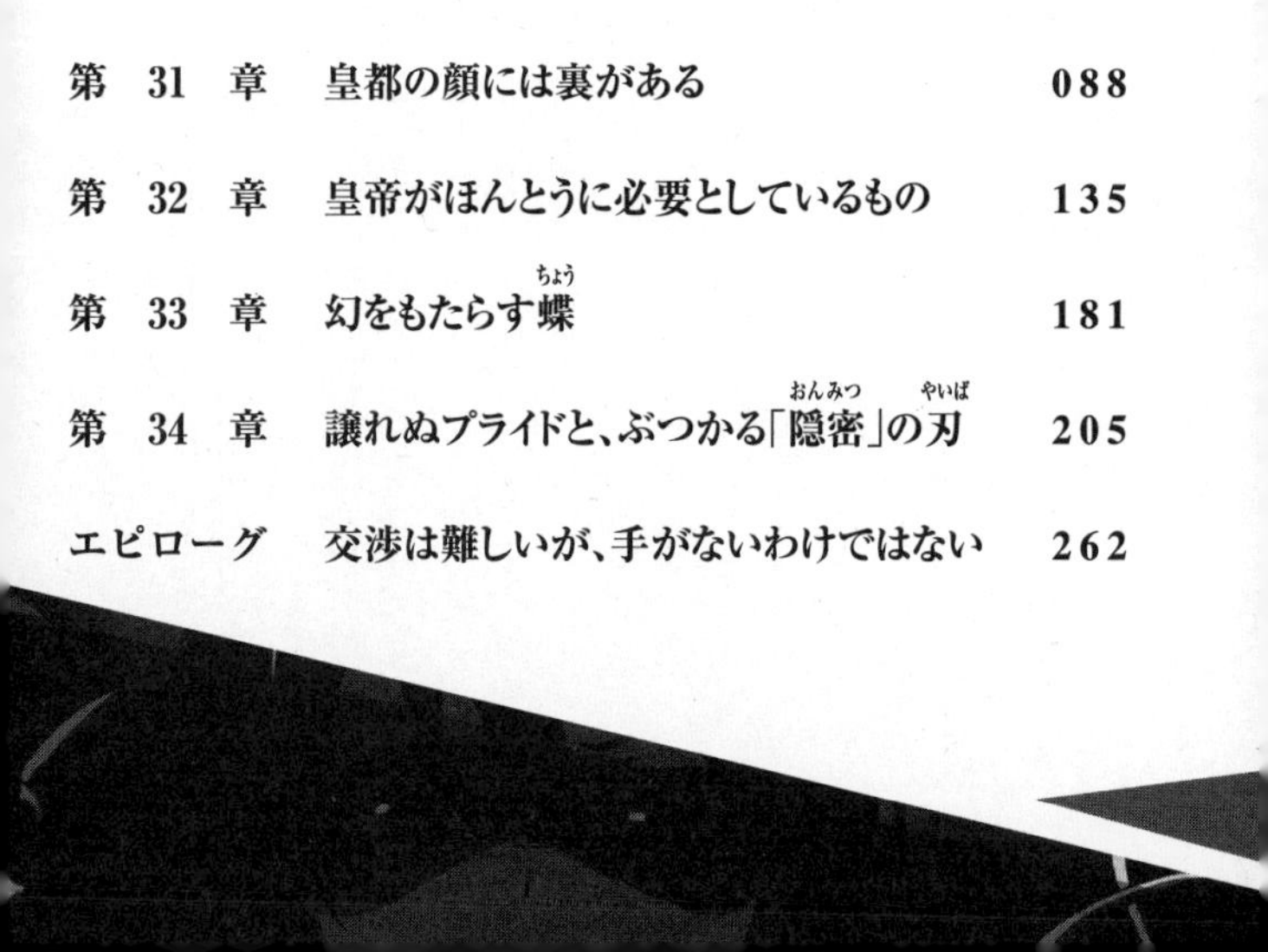

イラスト／八城惺架
装丁・本文デザイン／5GAS DESIGN STUDIO
校正／福島典子（東京出版サービスセンター）
DTP／伊大知桂子（主婦の友社）

この物語は、小説投稿サイト「小説家になろう」で発表された同名作品に、書籍化にあたって大幅に加筆修正を加えたフィクションです。実在の人物・団体等とは関係ありません。

プロローグ　交渉は難しい

やだ、絶対にやだ、もうアイツとは関わりたくない、とヒカルは固く思っていた。ルヴァインという男は——聖ビオス教導国の新しい指導者は、それくらい厄介な男だった。

「呪蝕ノ秘毒《じゅしょくのひどく》」をばらまくというテロ行為に端を発した聖ビオス教導国の動乱は、中央連合アインビストとの軍事衝突を経て、千年を超える昔に起きたマンノームと教会を巡る秘密にまでつながった。

アインビストとは停戦協定が結ばれ、悪魔化したランナを倒し、それでヒカルの仕事はすべて終わったのだと思っていた。もちろん、クインブランド皇国が攻め込んで来ているのは知っていたけれど、それはヒカルには関係のない出来事だと思っていたのだ。

「なんで僕にお鉢が回ってくるのかなあ～……」

ルヴァイン新教皇は自らクインブランド皇国へと足を運び、停戦協定を結んでくるつもりのようだ。そしてその護衛を、「白銀の貌《シルバーフェイス》」に頼みたいとのことだった。

先ほど、聞きたくなかったこんな話を持ってきたアインビストの副盟主にしてヒト種族のジルアーテは、忙しいのかすぐに帰ってしまった。今、ヒカルとラヴィア、それにポーラが寝起きしているのは、聖都アギアポールの郊外にあるアインビスト軍の天幕である。

テーブルに突っ伏したヒカルにこぽこぽとお茶を注いで差し出しながらポーラが言う。

「ヒカル様ほど有能な方でしたら、やっぱり注目されてしまうんですねえ」

「……ポーラ、たぶんそれ、違うよ」

「え？」

「教皇聖下は僕の能力を当てにしているところはあるとは思うのだけど、それ以上に、妙な連帯感を持っているんじゃないかな……」

「連帯感、ですか？」

ヒカルは、ポーラに対して秘密にしていることがあった——それは「先代教皇の死」についてだ。マンノームの異端児でありマッドサイエンティストでもあったランナを保護し、人と獣を組み合わせる「キメラ化」を研究させたり、大量の死者を出すための「呪蝕ノ秘毒」を作らせたりしたのは、その先代教皇である。

彼は、ランナが改良した「呪蝕ノ秘毒」によって死んだのだけれど、その毒を盛ったのはヒカルであり、治療できるのにみすみす見殺しにしたのはルヴァインだった。

ポーラを信用しないわけではなかったし、真実を知った彼女がヒカルを軽蔑することはないと思うけれど、彼女は教会の敬虔《けいけん》な信徒なので、わざわざ余計なことを知らせてつらい思いをさせる必要はないとヒカルは考えていた。

知っているのはヒカルとルヴァインの当人ふたりと、それにラヴィアだけだ。

「あっ、なるほど！　この苦境を乗り越えた連帯感、ということですね!?」

わかった、と嬉々として声を上げる無邪気なポーラに、真実なんて言えるわけがない。

(あの秘密はルヴァインにとって不利な内容だから、僕がそれを利用するのならわかるのだけど、どうして彼はその秘密を盾に頼み事してくるかなあ！　やりにくいなあ、もう！)

ポーラの淹《い》れてくれたお茶は、爽やかな香りがして美味しかった。

「……もし教皇聖下がクインブランド皇国に行けない、あるいは途中で死んでしまったらどうなるのかしら？」

ヒカルの隣で本を読んでいたラヴィアが、ふと気づいたように言った。

「ビオスと皇国との戦いは激化する。さらに、奴隷扱いされている獣人を解放したいアインビスト軍とも衝突するかもしれない。そうすれば大勢の死者が出るだろうね」

「ジルアーテさんも困るよね？」

「…………」

そうか、とヒカルは思った。ルヴァインは、過去の行動からシルバーフェイスがジルアーテの肩を持つことをわかっており、「問題を放置したらアインビストだって迷惑するんだぞ」と暗に言っているのだ。つまりヒカルは、協力せざるを得ない。

「……教皇聖下に会ってくる」

「え？　今から？」

「ヒカル様!?　そう簡単に教皇聖下とのご面会はできないのでは――」

　立ち上がって天幕を出て行ったヒカルをポーラが追いかけたけれど、外に出てみると「隠密《おんみつ》」を使ったヒカルの姿はもはや見えなかった。


　相変わらず殺風景な部屋だった。「ソウルカード」の恩恵を背景に大陸の隅々にまで影響力を持っている教会組織、その総本山がここ聖都アギアポールであり、頂点に君臨する唯一の存在が教皇だ。その教皇の執務室は、剥《む》き出しの石壁に丈夫だけが取り柄のテーブルとイスが並んでいるだけだった。広々としたテーブルには多くの書類が広げられていて、たったひとり部屋にいるルヴァインは、それら書類を前に腕組みして瞑目《めいもく》していた。

　ふと目を開けると、今までそこにいなかった人物がイスに座って書類を眺めていた。

「……来てくれると思っていましたよ、シルバーフェイス」

「アンタはほんと、驚かせがいがない」

　黒装束にフード付きのマント、顔には銀色のマスクを着け――いつもどおりの「シルバーフェイス」として、ヒカルはここへやってきた。

「驚いていますよ。お茶でも淹《い》れましょうか」

「要らない」

立ち上がろうとしたルヴァインを、ヒカルは手で制する。

「ここに来てくれたということは、私の皇国行きに同行してくれるということですね」

「……その確認に来ただけだ。大体、アンタが直々《じきじき》に皇国へ出向く必要があるのか？」

ヒカルが問うと、なぜだかルヴァインは小さく笑った。

「それは私を心配してくれているということですか？　皇国に行けば命がないだろうと」

「おれ自身の身の心配だ。アンタといっしょに殺されたらたまらない」

「あなたはどうあっても逃げおおせるでしょう？」

「なら、アンタについていく意味だってない」

「……本気で言っていますか？」

「いや……」

ルヴァインにそう問われると、否定せざるを得ない。ヒカルだってわかっている。ルヴァインが必要としているのは「絶対に裏切らない仲間」なのだ。シルバーフェイスとルヴァインは、「信頼関係」はないものの先代教皇の死についての「利害関係」が存在し、それがある限り「絶対に裏切らない」とルヴァインは信じている。だからこそシルバーフェイスは、聖都地下の「大穴」で命を懸けて戦い抜いたのだろうと。

「シルバーフェイス、あなたは少し勘違いしているかもしれませんが、あなたが考える以上に私の味方は少ないのです」

「少ない……？　この大組織のトップが？」

「教会の教えに従順な者たちは私に従うでしょうが、今この時点で必要としているのは武力です。聖ビオス教導国の武力は多くを『神殿騎士団《テンプル》』に依存しており、彼らは国境の砦《とりで》『パラメトリア』で戦っています」

それは知っている。そして劣勢であることも知っている。

「私が心配しているのは、テンプル騎士団が皇国側に寝返ることとです」

「……なんだって？　彼らはこの国を憎んででもいるのか？」

「いえ。彼らはこの国の特権階級に属するのですよ」

「ならなおさら――いや、そういうことか」

ヒカルはピンときた。

「アンタが大司祭たちを粛正《しゅくせい》したからか……」

「やはりあなたは賢いですね、シルバーフェイス。テンプル騎士団の多くは大司祭から金銭的な援助を受けていました。その見返りとしてなにかあったときは力になるという約束で。大司祭がいなくなった今、彼らは飼い主のいなくなった番犬のようなものです。目の前に皇国軍がいるから戦っているものの、劣勢が続けば寝返ることも十分考えられます」

寝返ったテンプル騎士団はどうするだろうか？　ビオス国内の地理や事情を熟知している彼らがいれば聖都までの制圧はたやすいだろう。聖都を制圧した後は、これまでと同じように皇国で高い地位に就けてもらえれば彼らの望みは叶《かな》う。むしろ大司祭を粛正《しゅくせい》したルヴァインよりも、皇国の人間のほうが懐柔しやすいとすら考えるかもしれない。

「それじゃあ、先にアンタがクインブランド皇国に寝返るのか？」

「いえ、私が考えるのは対等の停戦協定です」

「無茶を言うな」

「無茶かもしれませんが無理ではないでしょう。可能性が少しでもあるのならば、私は停戦協定をもぎ取りたいと思っていますよ」

「その自信はどこから出てくるんだ……」

確かにルヴァインの知性は侮れないが、それにしたところであまりに自信過剰ではないかとヒカルには思えた。

するとルヴァインは言った。

「……あと数日、いえ、早ければ5日です」

「なにがだ」

「パラメトリアでの戦闘を恐れ、避難した国民がこの聖都にたどり着くまでのタイムリミットです。もし仮に私がすべてを投げ出し、全面降伏したならばどうなるでしょうか？皇国は聖都に、統治者を送り込んでくることでしょう。それまでは国庫に触れることを禁ずるはずです。正常に統治が始まるのはどれくらい後ですか。1か月後？　2か月後？

それまで避難民たちはどうすればいいのですか。元の家に戻れれば御《おん》の字《じ》ですが、収穫直前に畑を放り出してきた者はまともに収穫もできず、多くの餓死者が出ます」

「──────」

そんな視点はヒカルにはなかった。国のトップだからこその視点だと言えるだろう。

「私が協定締結のために皇国へ向かう、その間は実質的に戦闘は停まります。私は聖都を空けることになりますが、優秀な司祭たちが避難民への施しと、彼らを元の土地へ戻す道筋をつけてくれるはずです。多少時間がかかっても秋の収穫には間に合う」

「アンタがいない間に新しいヤツが出てきて聖都を乗っ取るかもしれないぞ」

「もちろん、できる限りの手を打ってから皇国へ行きますよ。それになにかあればアインビスト軍が黙ってはいないでしょう。奴隷扱いされている獣人にも危険が及びますし」

「……アンタ、そこまで考えてアインビスト軍をあそこに置いてるのか」

ヒカルは舌を巻いた。

最初、多大な糧食を放出してまでアインビストの獣人軍を聖都の郊外につなぎ止めておくのは、南進しようとしているクインブランド皇国への牽制《けんせい》だと思っていた。だが、自分が留守の間の──それこそ「番犬」としても使おうだなんて。

「テンプル騎士団が国境の戦いで勝利してくれるのがいちばん良かったのですが、そうはいきませんでしたからね」

「…………」

ヒカルはルヴァインの話しぶりにどこか空々しいものを感じていた。自分の命を賭してまで停戦協定を結びに行くというのに、まるで他人事《ひとごと》のようだ。

（死にたいのか？　あるいは……）

強烈なプレッシャーにさらされている聖ビオス教導国のトップ。先代教皇を見殺しにしてまで手に入れた教皇の座だというのに、そのイスは燃え盛っているのだ。火傷《やけど》ぐらいではもはや済まない状況の中、彼は——死に場所を探しているのではないか。そんなふうにヒカルには思えてならなかった。

「わかった」

気づけばヒカルはそう言っていた。

「なにが、わかったのですか？」

「アンタについていってやる」

そのときだけルヴァインの表情に明るい兆しが見えたような気がしたが、すぐにも「無表情の微笑」という不思議な顔に戻ってしまう。

「だが条件がひとつ。……それに報告がひとつ」

「聞きましょう」

「おれだってヒマじゃない。やらなければならないことがある。条件は、教会には多くの人材がいるだろうから、魔術に明るい人間を貸してほしい」

ヒカルが今、最もやらねばならないことは、「世界を渡る術」を改良することだ。

こちらから現代日本へと渡ることはできたものの、向こうからこちらへは渡れないことがわかっている。この問題のせいで「東方四星」たちはこちらの世界に戻ってこられない。ヒカルの元の身体の持ち主であるローランド＝ヌィ＝ザラシャが考案し、クジャストリアが大きく改良した魔術を、さらにバージョンアップさせる必要がある。

そのためには、公務で多忙なクジャストリアの助手が必要だ。だが、クジャストリアの「趣味」に人を割けるほどポーンソニア王国には余裕がない。

教会から人を送り込むのならいいだろうとヒカルは考えたのである。

「それは構いませんが、どのような魔術ですか？」

「世界という概念を超えるものだ」

ふむ、とルヴァインは口元に手を当てて考えるようにすると、

「でしたらリオニー……ってあの、アインビスト軍との交渉に来ていた女傑《じょけつ》か？」

「リオニー……ってあの、アインビスト軍との交渉に来ていた女傑《じょけつ》か？」

「女傑。言い得て妙ですね」

アインビスト盟主ゲルハルトを前にして一歩も退《ひ》かない女を「女傑」と言ってなにが悪いとヒカルは思う。しかもリオニーは武芸の心得などまったくない司祭なのである。

「彼女は教会で研究している多くの魔術に関わって、研究補助として働いています。アドバイザーとしても活動しているので十分期待に応えてくれると思いますよ」

「わかった。それならリオニーでいい」

クインブランド皇国に行くには一度、ポーンソニア王国の領内に入る必要がある。今回の旅に同行させ、途中でクジャストリア女王の元へ送り出そうとヒカルは考えた。

「それだけでいいのですか？」

「ああ」

「教会の宝物庫から金貨をごっそり持ち出したあなたにしては、殊勝な申し出ですね」

「……あれは正当な報酬だろう」

聖都地下の「大穴」討伐の報酬として、ヒカルはこの「塔」の宝物庫から金貨をちょうだいしている。元々金額は決められていなかったので、ヒカルは勝手に持ち出した。これまで教会のせいで巻き込まれたこと、教会のためにやったことを思えば安い金額だろう——金貨の枚数は数千枚で、数えてはいないが、日本円に換算したら数億円の価値があるはずだ。そして、あまりに重いので宝石類に交換してある。

「まあ、アンタには二度と会う気もなかったのにこうして呼び出されたんだから、もっと吹っかけてもいいかもしれないな」

ヒカルは悪態をついたが、ルヴァインは小さく笑うだけでなんの反応もなかった。まったく、手応えのないことである。

　ヒカルがこれ以上の条件を付けないことをルヴァインは見抜いているのだろう。これから教会は大改革をしなければならない——先代教皇が推し進めた「亜人排斥《あじんはいせき》」といった教義を変え、腐敗しきっていた大司祭たちの悪行《あくぎょう》の後始末をしなければならない。

　必要なものはなにか？　簡単だ——金、である。

　金がなければ改革はできないし、巡り巡ってそのしわ寄せは一般の国民に行く。そこまで考えたら、ヒカルだってこれ以上教会から金を巻き上げるわけにはいかない。

「……それで、シルバーフェイス。報告がひとつあるのでは？」

　聞かれて、立ち上がりながらヒカルは言った。

「そうだった。冒険者パーティー『東方四星』はしばらく姿を消す。あと、アンタの名前を書いてくれたあの剣だけど……あれな、教会が貸したっていう」

　マントの内側から「太陽剣白羽《ホワイトレイブレード》」を取り出し、テーブルに置いた。

　これは魔力を通せばなんでも斬《き》れるという魔剣で、教会が「東方四星」のソリューズ＝ランデに貸与していたものだ。

「大穴」での激戦を経て、「太陽剣白羽」の鞘《さや》は汚れ、傷ついている。

「……折れた」

　ヒカルが鞘から剣を抜くと、半ばでぽっきり折れていた。

「折れた？」

教会でも指折りの逸品だろう。ルヴァインはそれを見て、目を瞬かせた。

「おれが悪いんじゃないぞ、ソリューズの扱いが悪かったんだ。それじゃあな」

押しつけるようにテーブルに剣を放り出すと、ヒカルは急いで部屋を出て行った。

「…………」

ルヴァインはしばらく沈黙していた。

シルバーフェイスが出て行った扉は開け放たれたままで、その扉と折れた剣とを、ルヴァインの視線が行き来する。

「……っぷ」

彼の口から、小さな息が漏れた。

「くくく……あははは。あのシルバーフェイスがずいぶん焦って出て行きましたね」

この剣にすさまじい価値があることはもちろんだが、だからといって激しい戦闘があれば損傷や破壊もあり得ることで、貸与されていた人間がなんら責任を感じるべきことではなかった。惜しいは惜しいが、ルヴァインにとっては「大穴」の問題、ランナの問題を解決できたことのほうがよほど大きな収穫だった。

だというのに、シルバーフェイスの慌てようときたら。

ソリューズがシルバーフェイスに、申し開きしてくれと押しつけたのかもしれなかったが、彼はきっと「弁償しろ」とか「この落とし前はどうつける」とかルヴァインに言われると思ったのかもしれない。だから大急ぎで出て行ったのだ。

「――教皇聖下、そろそろお休みになりませんと……聖下？」

開きっぱなしの扉を不審に思ったのか、部屋の外に司祭がやってきた。彼は尊敬する教皇ルヴァインが笑っているのを見て――声を上げて笑うルヴァインを見たのは初めてだと今さらながらに気がついたのだった。

「ええ、ええ、寝たほうがよいでしょうね。そしてすぐに出発しましょう」

「出発？」

司祭が首をかしげている。ルヴァインは自分の予定を誰にも伝えていなかったのだ。

「しばらく聖都を空けるので、後はよろしくお願いします。私は戦争を終わらせるために行かなければなりません……クインブランド皇国に」

驚いて目を見開く司祭のほうはもう見ずに、ルヴァインは立ち上がった。

長い旅になる。あるいは帰ることのできない旅になるかもしれない。

しかしルヴァインの覚悟は固まっていた。

第30章　ぶつかるプライドと、国境の攻防

群れが進むと砂塵《さじん》が舞い上がり、その砂塵はかなり遠くからも見ることができた。「群れ」とは、人の作る群れだった。1万を超える人たちが南を——聖都アギアポールを目指していた。ルヴァインを乗せた馬車は、主要街道からわずかに外れ、この集団とぶつからないようなルートを進んでいた。しかし丘をひとつ越えた場所にいるルヴァインからも、もうもうと立つ砂塵を見ることができた。

「………」

馬車の窓を閉じると、ルヴァインは小さく息を吐いた。あの人々を救うために今、自分は北へと向かっているのだ——。

(……とでも考えてるのかな)

その近くを、馬に乗って進んでいるのはヒカルだ。前にはちゃっかりラヴィアが乗って二人乗りしており、ポーラは別の馬車に乗り込んでいる。

「むむむ」

ヒカルに並走しているのは葦毛《あしげ》の精悍《せいかん》な馬で、ヒカルが全力で走らせてもすぐに追いつ

かれそうだった。ヒカルは乗馬がさほど得意ではないため、気性のおとなしい馬を借りているのでトップスピードはさほど速くない。

「むむむ～」

「……いや、あの、そんなに見られると困るのだが、ジルアーテ」

その葦毛の馬に乗っているのは、中央連合アインビストの副盟主でもあるジルアーテだった。彼女がいるということはもちろん、

「のどかすぎて欠伸《あくび》が出らあな。山賊でも出てこねえのか？」

とか大声で言っては神殿兵にイヤな顔をされている盟主ゲルハルトもいる。ゲルハルトが乗っている馬はスタミナ重視の巨馬だ。戦いともめ事に関する嗅覚に異常に優れている獣人たちは、ヒカルがルヴァインと話をつけてから天幕に戻ってくるとすぐにやってきて「なんだなんだ」「次はなんだ？」「俺も連れて行け」としつこく迫ってきたのだ。

そうなればゲルハルトの耳に入らないわけがなく、さらにはゲルハルトの「お目付役」として機能しているジルアーテもヒカルのところにやってきて、「教皇の護衛なら私たちが適役では？」と言い出した。クインブランド皇国は聖ビオス教導国に攻め込んでいるのであり、中央連合アインビストをどうこうしようという意思はなく、ゆえに、アインビストの獣人たちが傍《そば》にいれば皇国軍も迂闊《うかつ》に教皇に手は出せないだろうと。

その理屈にも一理ある。けれどもそれ以上にヒカルは、ゲルハルトがついてくることで

トラブルの起きる確率が上がるのではないかという気がしてならなかった。ヒカルが断るより先に、彼らは陣営内で「誰がシルバーフェイスについていくか決める選手権」を開催して勝手に候補を100人ばかりピックアップして、当然のごとくゲルハルトとジルアーテがワンツーフィニッシュだった。

ルヴァインは「ついて来たいのならどうぞ」と言い、お供の神殿兵500人は「獣人が暴れたらどうするんだ……」と暗澹《あんたん》たる表情でピリピリしていた。

「教導国の領内は治安がよく、山賊などは年間でも数件の報告があるかどうかです」

ゲルハルトに言い返しているのは馬に乗ったリオニーだった。

「なんだよつまんねえな」

「面白い面白くないで言うのなら、山賊が出ないほうが愉快でしょうね」

巨体のゲルハルトであろうと怯《ひる》まず言い返すリオニーに、獣人たちは怒るどころか感心して「あの姉ちゃんすげーな」とか言っている。

そんなわけでついてきたジルアーテに、ヒカルは何度か「アインビストの陣営は問題ないのか？」とたずねたが、すでに聖都の司祭たちと協力して獣人奴隷となっている者たちの解放が進んでいるようで、あとは実務ベースのことだから自分たちは離れても問題はない……と。

（「問題ない」って言ってるけど、きっと「問題あり」なんだろうな）

若いうちから老人ふうの風貌になる亀人族の長は、ジルアーテの副官のように動いていたが、きっと彼にすべて押しつけてきたのだろう。「好きなことは全力でやるけど細かいことは知らない」というアインビストの流儀が、ジルアーテにも備わってきたようだ。

「あ～、わたしはな～、馬に乗れないからな～、シルバーフェイスに乗せてもらうのも致し方のないことだな～」

ラヴィアが、ジルアーテに向かって言っている。

「ずるい！」

「致し方なし～」

「スターフェイスも馬に乗る練習をしたらいいと思うのだけど、ねえ、聞いてる？　シルバーフェイス！」

「さすがにそんな時間的余裕はなかったよ……」

「むう！」

「致し方なし～」

頬をふくらませるジルアーテに、ラヴィアが勝ち誇っている。

「……ふふっ」

思わずヒカルが噴き出したので、「今のどこに笑う要素が？」という顔で、ラヴィアとジルアーテが同時にジロリと見てきた。

「いや……ごめん、なんかふたりともやたら仲良くなったなって思って」

するとまたラヴィアとジルアーテが顔を見合わせ、「今のどこに仲良し要素が？」という表情をしている。仲良しで気が合ってる、と言いたくなるヒカルである。

こちらの世界に転生してきたヒカルも最初はひとりぼっちだったが、密度の濃い数か月のおかげで知り合いも増えた。もちろん、生きるために必要だから他人と接点を持たなければならなかったというのもあるし、一方で「この世界のことを知りたい」と思うから接点を持ったというのもある。

でもラヴィアは——最初からこちらの世界で生まれ育っているのに、ヒカルの手によって「籠の鳥」状態から抜け出し、冒険者生活に入った。

人見知りする彼女の性格のせいだろうけれど、他人との交渉はヒカル任せであり、友だちと呼べるのはポーラくらいしかいない。

そう思うと——どんな形であっても、こんなふうに気安く話せる相手ができたのは喜ばしいとヒカルは思うのだ。

「……シルバーフェイス、なんだかおじいちゃんみたいなまなざししてる」

「おじっ……!?」

我ながら保護者っぽいなとは思っていたヒカルだったが、さすがに「おじいちゃん」には傷ついた。

大きな山脈がせり出しており、それを分断するように蛇行して流れる大河があった。その畔《ほとり》に山脈を背にする城砦《じょうさい》と、南側に向いている街がセットになった都市がある。それこそが、聖ビオス教導国の北部に位置する「国境都市パラメトリア」だった。

大河を一部せき止めて北側に人造湖が作られており、ここを攻めるには船も必要となるため、パラメトリアの街自体が強固な要塞とも言えるのだった。

街を囲む長大な城壁は一部が大河の上にかかるように伸びていて、パラメトリアを無視して川を進もうとしても城壁から攻撃されることだろう。ちなみにこの川は聖都アギアポールの東を抜けて海に至る。

ルヴァインが到着するのを知らせてあったため、南側の城門前には100人を超えるテンプル騎士団が整列して待っていた。

「大司祭ルヴァイン殿、よくぞ参られた」

テンプル騎士団を率いるのは口ひげを蓄えた壮年の男であり、彼こそがテンプル騎士団の団長だった。フルプレートの金属鎧《よろい》を着込み、いつでも戦闘に出られるという格好ではあったが――汚れを落としているものの傷ついた鎧を身に着けている他の騎士たちと比べると、明らかに「新品」の鎧だ。

「……神殿兵ッ！　なぜここに薄汚い獣人がいる!?」

アインビストの兵士に気がつくと、騎士団長は言葉も選ばず怒鳴りつける。ルヴァインに従う神殿兵たちは団長への敵対心を隠そうともせず、教皇の馬車の前に立った。

「ほう……私の質問に答えもせず、反抗的な態度を取るか？　よもや、人数で勝っているからテンプル騎士団など恐るるに足らずなどと考えているのではなかろうな？」

腰に吊ったきらびやかな意匠の剣に手を掛けつつ団長が言うと、神殿兵のリーダーらしい人物が――彼は「大穴」討伐にも参加した人だ――答える。

「ギルフォード騎士団長。中央連合アインビストとは停戦協定を結び、協調関係にあることはすでに通知済みでしょう」

すると、騎士団長――ギルフォードの顔が、赤黒く染まった。

「貴様ぁあぁ〜言うに事欠《ことか》いて『協調』だと⁉　我ら誇り高きテンプル騎士団が聖都におれば停戦になどならなかったものを！　貴様らの怠慢で屈辱の協定を結ばされたのだぞ‼」

先代教皇の「亜人排斥《あじんはいせき》」思想にどっぷり浸かってきたギルフォードにとっては、獣人は憎むべき汚らわしい種族のままだった。クインブランド皇国に対応するために撤退したテンプル騎士団の隙を突いて攻め込んだアインビストは、卑怯《ひきょう》な連中という認識である。

（根深いな……）

傍《そば》で聞いていたヒカルは思わずため息をついた。ギルフォードの思想が極端に偏っているというわけではなく、こういう人間が山ほどいるのだろう。ルヴァインは教皇として、これからその思想を直していくことになる……長い長い時間をかけて。

ひょっとしたらルヴァインの代だけでは終わらないかもしれない。それほど一度根付いた信仰や思想を変えるのは難しい。ヒカルはルヴァインに少しだけ同情した。同情はしたが、かといって自分をそれに巻き込まないでほしいとは切実に思うけれど。

「ギルフォード騎士団長。正式な即位の儀式はまだ行っておりませんが、私は先代教皇の今際《いまわ》の際《きわ》に後を託されました。私の決定は現在の聖都の決定、教会組織全体の決定に他なりません」

馬車の窓を開けてルヴァインが言った。

「ほう……教皇聖下の後をうろちょろしていただけの男が、偉くなったものだな？」

「こんなところで言い争っていて何になりますか？　我らに必要なのは対話でしょう」

「ふん。城壁内に入りたいと言うのならば入れてやる。だがここには我らテンプル騎士団が死守している砦《とりで》がある。獣人どもは一歩も足を踏み入れるな！」

言い残して、ギルフォードはきびすを返すと城門の中へと戻っていく。

「どうするんだよ？」という顔のテンプル騎士もいたが、大半はギルフォードに続いて城門をくぐり、残りの騎士たちもそれに続いた。

「前途多難だな……」

ヒカルがつぶやくと、

「仲間にも嫌われてるって、新教皇はかわいそう」

「あの騎士はあんまり強そうじゃないし、興味がないです」

ラヴィアとジルアーテがそんなことを言った。

あんなふうにギルフォードに言われたわけだが、ゲルハルトは、

「砦に入るなとは言われたけど、街に入るなとは言われてねえ。まあ、街で勝手にやってるぜ」

と、まったく気にする様子もなく仲間を引き連れて城門をくぐった。あわてて伝令が北にある砦の方へと走っていったので、遠からずギルフォードも知ることになるだろう。

奔放《ほんぽう》な獣人に、「外で待ってて」なんて言ったところで彼らが聞くはずもない。

ルヴァインは「勝手にやる」と言ったゲルハルトに密かに感謝しつつ——ルヴァインが融通を利かせたわけではなく彼らが「自主的にやった」という言い訳が立つから——神殿兵とともに街を通り抜けていく。

ヒカル——シルバーフェイスもそれに続いた。

パラメトリアの街並みは聖都アギアポールに比べれば雑然としているが、それでもポーンソニア王国の王都ギィ＝ポーンソニア並みに清潔だった。石畳の街路がほとんどで、街全体は斜面の土地に広がっている。上のほうが上流階級の住む地のようだが、街を探索す

る時間などないので真っ直ぐに城砦《じょうさい》へと向かう。

街は大きな城壁に囲まれ、城壁内の北側には、さらに小さな城壁を構えた砦《とりで》がある。

(……煙が見える)

クインブランド皇国と戦闘中であるせいか、街中に人影は少なく、城砦の向こうにはうっすらと黒煙が立ち上っているのが見えた。

内側の城壁の門を抜け、そのまま城砦へと入っていく。城壁の上部は欠けているところも多かった。

包帯を巻いたままの騎士や兵士が多い。回復魔法使いが足りないのか、

「——敵が動いていないうちに負傷者を移動させよう」

「——街の治療院もいっぱいですよ。近隣都市に移しますか」

「——戦線復帰できない者はやむを得まい……」

そんな言葉が聞こえてきて、別の馬車に乗っていたポーラがハッとして窓から顔を出した。それから無言でヒカルを見てくるのでうなずいて返してやると、

「お、降ります！　降ろしてください！」

と馬車を停めると飛び出していった。彼女なら多くの兵士を救えるだろう——と思っていると、ヒカルと一緒に馬に乗っていたラヴィアがこっそりと言う。

「わたしも行く」

「ラヴィアも？」

「ポーラのボディガード」

むん、と胸を張るのでヒカルは馬からラヴィアを降ろしてやった。確かに、ポーラひとりでいさせるよりも安心だ。

「気をつけてね。城砦の中といっても戦場だから気が立っている人もいるかもしれない」

「ありがとう。でも平気。なにかあったら遠慮せず魔法使うし」

ラヴィアは火の精霊魔法と聖属性の混合魔法《ミックス》「贖罪の聖炎《アトーンメント・フレイム》」を使えるようになり、魔法の幅が広がった。これはアンデッドモンスターにはよく効くが、生きている人間に対しては害を与えない。つまり「見せかけ」の炎を出せるのだ——時間稼ぎに有効なのはこれまで何度か使ってきて明らかだった。「隠密《おんみつ》」と組み合わせれば詠唱時間も問題ないので、「ポーラのボディガード」は十分に務まるはずだ。

「……で、僕はこっちのつまらない護衛か」

ヒカルは馬を進ませてルヴァインの馬車の後ろについた。明らかに敵意を見せているギルフォードをどう説得するのか、ルヴァインには秘策でもあるのか——いずれにせよ全員がにっこり笑って愉快な結末とはなりそうにない。

通された会議室は、さすがに城砦内部にあるだけあって無骨で、殺風景だった。

巨大なテーブルには戦略地図が広げられており、敵の陣地を示すコマが置かれていた。

色の違うコマがあるのは、ポーンソニア王国からも少々の出兵があるのだろう。

（まあ、お目付役で来ているのかなー）

クインブランド皇国と聖ビオス教導国は国土を接していない。間にポーンソニア王国が挟まっているので、皇国と王国との同盟が成立したおかげで、皇国軍は王国を通ってビオスへと攻め込むことができた。

王国が許可したとはいっても、皇国の軍隊がなにかしでかしたりしないように監視の目が必要になるだろう。少数の王国からの出兵はそのためかとヒカルは考えた。

先ほどから会議室内は静まり返り、騎士団長とルヴァインが、テーブルを挟んで向かい合っている。騎士団長の横にはテンプル騎士団の各隊長がずらりと並び、一方のルヴァインの隣には司祭のリオニーと、秘書官が2名ほどいるきりだ。

神殿兵はテンプル騎士団より「格下」の扱いなのでこの部屋に入ることすら許されていない。ヒカルは「隠密《おんみつ》」を使ってこっそりと入り込んだ。隠れるところは少なかったけれど会議室が広いのはよかった。カーテンの陰にいるヒカルには誰も気づいていない。

会議室が沈黙に包まれているのは、ルヴァインのせいだった。

「私が自らクインブランド皇国に出向き、停戦協定を結んできます」

と会議の冒頭に発言したのだ。

これは騎士団長ギルフォードにとっても予想外だったらしく、皆が沈黙したというわけだった。ルヴァインがここに来たのは「テンプル騎士団を掌握するため」だと考えていたのだろう。聖都アギアポールを守る戦力が足りず、騎士団の助けが必要になったと。

援軍の要請であれば、ギルフォードはいくらでも突っぱねることができる。なにせ彼はここのトップだから。

この国で今、いちばん必要なものが「武力」であり、それを握っていることこそがギルフォードの「強み」だった。

（ルヴァインが、相手の土俵に上がって勝負するわけないんだよね……）

なにを考えているのかわからないルヴァインという男のずる賢さは、そういうところにある。相手の得意なところでは決して戦わないのだ。ヒカルが「隠密」に優れていることをわかっていて、その対策をこれまで一切取らなかったことからも明らかだ。「隠密」行動は好きにさせて、逆に情報を全部吐き出すことでヒカルを味方につけようと動いた。

彼の行動パターンが、ヒカルにもようやくわかってきた。

（僕も自分が当事者ではなくなって、客観的に見られるようになったからね。つまり、ルヴァインとは今後「付き合わない」のが正解ってこと）

ちょっとでも接点を持ったら骨の髄までしゃぶってきそうだ。

「いかがかな？」

長い沈黙を破り、ルヴァインが騎士団長の発言を促すと、ギルフォードは、

「……それは、まあ、悪いことではないが……」

歯切れ悪く答えた。おそらくギルフォードは、ルヴァインが皇国に行けば「まず間違いなく殺される」と思っている。おそらくギルフォードは、皇国側に戦いをやめる理由はなく、教皇自らが来たら始末する絶好のチャンスに他ならない。ここで皇国軍と戦っているギルフォードは、彼らの怒りの激しさを骨身に染みてわかっている。

皇国がルヴァインを殺してくれれば、自分の手を汚さず聖ビオス教導国の権力の座に手が届く——癒着《ゆちゃく》としがらみの塊《かたまり》だった大司祭たちはルヴァインが粛正《しゅくせい》済みだ。

（でも、疑ってる。ルヴァインにはなにか奥の手でもあって、それで皇国を説得できると確信しているんじゃないかって。でなきゃ、ふつう単身で皇国に行くなんて言い出さないもんなあ）

うんうんとうなずきつつ、ヒカルは考える。

（……でも、そのふつうじゃないところがルヴァインなんだよなあ……）

おそらくルヴァインに「奥の手」などは存在しない。それがあるならシルバーフェイスにわざわざ護衛など頼む必要もないだろう——「勝てる」とわかっている勝負なら。

ルヴァインは、本気で、自分の命を懸けて皇国皇帝を説得する気なのだ。大昔の、教会とマンノームの「秘密」についての話であれば、自身もマンノームである皇国皇帝は耳を傾けるだろうし。そういう、自己犠牲、献身の精神は、それを同じく持つ人間にしか発想できないものだ。ギルフォードは権力欲が服を着て歩いているような男なので、ルヴァインのそんな考え方は死ぬまで理解できないだろう。

「では、まずはこの地に布陣している皇国軍に一時休戦を申し込みたく思います」

ルヴァインが切り出すと——ギルフォードではなく他の隊長が立ち上がった。

「なにを言うかッ！」

テンプル騎士団の隊長のひとりで、この中ではいちばんの若手だった。年齢は20代の後半だろう。

「勇猛果敢を謳《うた》われる我らテンプル騎士団が皇国軍を足止めしているというのに、休戦を申し込むなどとッ……！　いつから我ら教会の教えはそれほどの弱腰になったのか!?　貴殿らは我らに前線で戦わせておいてその隙に亜人どもと手を結ばれたッ！　その大罪を知れば、亡き教皇聖下はどれほど悲しまれ、お怒りになるか！」

ツバを飛ばして拳を振るうと、「その通り」「まったく、司祭どもは血を見ただけで弱気になるからな」などと賛成する意見も上がる。

「…………」

「——なっ、なんだ、私は正義を口にしたまでだ。いかに大司祭とてテンプル騎士団を愚《ぐ》弄《ろう》することは許さん」

ルヴァインに顔を向けられただけで、その若い隊長はわずかに怯《ひる》んだが、ここには仲間も多いから、と強気に出る。

（まさか、停戦交渉の前に味方から文句が出るとは……前途多難にもほどがある）

ヒカルはうんざりする。怒ってルヴァインに斬《き》りかかるなんてことはないだろうが、なにが起きてもおかしくはないと警戒を強める。

「なるほど……テンプル騎士団は精強で、このまま戦いを続ければ皇国軍を打ち破れると言うのですね？」

「そ、そうだ。地の利は我らにある。ここは難攻不落のパラメトリアだ！」

「その後に、聖都郊外にいるアインビスト軍を攻撃すると？」

「ふむ。それもよかろう。なあ、みんな」

隊長が水を向けると、うなずく隊長も多かった――ギルフォードだけはじっとしていたが。

「くくっ……はっはっは」

「なにがおかしい！」

突然乾いた声で笑い出したルヴァインに、若い隊長が苛立《いらだ》って声を上げる。

「勇猛果敢と言うのであれば、討って出ればよろしいでしょう。だというのに要塞に籠《こ》もったまま『地の利』と言われれば笑いも出ます。さらには停戦協定を結んでいるアインビスト軍にも刃《やいば》を向けるなど、盗人《ぬすっと》が寝込みを襲うのに等しいではありませんか」

「なっ――」

面と向かって「盗人」呼ばわりされた若い隊長はみるみる顔を赤くする。

「私を、テンプル騎士団を愚弄《ぐろう》するかァッ！」

腰の剣に手を伸ばしたのを見た瞬間、ヒカルはカーテンから飛び出した。しかし若い隊長が剣を抜くことはなかった。他の隊長があわてて止めに入り、

「バカ、なにをする気だ!?」

「落ち着け！」

「ルヴァイン様は大司祭だぞ！」

服や腕をつかんで後ろへと引き下がらせる。

「……そいつは何者だ？」

事態の推移を見守っていたギルフォードは、ルヴァインの横にまで来たシルバーフェイスに初めて気がつき、眉根を寄せる。

「くせ者だ！」

「皇国のスパイか!?」

と騒ぎ出す隊長たちに、

「そうか、そいつが……大司祭殿の懐刀《ふところがたな》の『シルバーフェイス』か」

ギルフォードは小さく手を上げて隊長たちを制止する。どうやら「シルバーフェイス」の名前は知っているようだ。

「感心せんな。この重要機密を話し合う場に部外者を招き入れるとは」

「彼は私の護衛ですよ」

「ならば正々堂々と出しておけ。どこに潜んでいた？」

たずねられ、ルヴァインもヒカルに視線を送ってくるので、

「聞かなければわからないのか？　ずさんな警備にもほどがある」

挑発気味に答えると、隊長たちの殺気が一斉にヒカルへと向いた。大司祭であるルヴァインにどういう感情をぶつけていいかわからないような隊長もいたのだが、シルバーフェイスはわかりやすく部外者なので、突き刺さるような視線がびしばしと飛んでくる。

「教会とはそもそもが秘密組織ではないのです。我らは大陸全土に布教の道を切り開き、今もなお各国の寄進によって運営されています。であれば、クインブランド皇国に停戦を求めることも、部外者であるシルバーフェイスを護衛として雇うことも、中央連合アインビストと協定を結ぶことも、教会の道です」

「詭弁《きべん》だな」

「ならば試してみますか？」

「……なにをだ」

「ここにいるシルバーフェイスや、アインビストのゲルハルト盟主よりも、あなたたちが強いのであれば、それはテンプル騎士団の強さの証明。ですがもし負けるのならば、私は

やはり停戦を申し込むのが適切だと考えます」

ビキッ、とギルフォードの額に青筋が走り、隊長たちから立ち上る怒気が、ヒカルには見えた。

（マジですか……）

ここで、まさかのテンプル騎士団との模擬戦が決まってしまった。

◇

パラメトリアの酒場で大酒を食らっていたゲルハルトが模擬戦の話を聞くと、ふたつ返事で「やるぜ」と言った。他の獣人たちは「ズルい」だの「俺たちの出番は」だのと盛り上がったようだ。

「——いや、これって護衛の仕事じゃないよな？」

会議の後、ふたりきりになる時間を無理やり作ってもらったヒカルが当然の疑問を呈すると、ルヴァインは、

「あなたの強さを認めさせるチャンスですよ」

「……おれがそんなものをやりたがるタイプに見える？」

「私は感動しましたよ。あの隊長が剣の柄に手を掛けたとき、シルバーフェイスが音もな

く現れて助けようとしてくれたことを」

「話をずらすな。おれはやりたくない。大体、まだ国を出てもいないのになんで護衛の仕事が発生してるんだよ。アンタはこの国いちばんの教皇サマだろ」

「たとえばですが、ポーンソニア王国でクジャストリア女王陛下に向けて剣を抜こうとしたらどうなりますか？」

「そりゃ……捕まるよ」

「その者は明確に叛逆《はんぎゃく》の意思を示したということになりますね？」

「まあ」

「それで今、この国ではそのような者が野放しになっております。これを倒すのは護衛の仕事では？」

「…………」

むちゃくちゃな理論がまた出てきたぞ、とヒカルは思う。

どのみちルヴァインが皇国に行けなければヒカルの仕事は終わらない。であれば、さっさと片づけてしまうのがいいと思った。

「はぁ……わかったよ」

実はヒカルは先ほど「ソウルボード」を表示し、騎士隊長たちを確認していた。最も高い者でもギルフォードの「剣」4で、同じ4が3人、残りは3——あの若い隊長は3だった。

（……新教皇を相手に剣を抜こうとした隊長は、確かに処罰もされていない。今のルヴァインの立場は相当微妙なんだよな……）

ため息交じりにヒカルは言った。

「やればいいんだろ。だけど、報酬は上乗せしてもらうからな」

「ええ、もちろんですとも。きっと喜んでいただける報酬を考えておきますから」

にこりと笑ったルヴァインに、得体の知れない悪寒《おかん》を感じ、ヒカルは言った。

「……やっぱ報酬は要らない」

「なぜ？」

「要らないと言ったら要らない。さっさと行くぞ」

どうせろくでもない面倒ごとを押しつけてくるに違いない。

ヒカルはルヴァインとともに城砦《じょうさい》内の練兵場へと移動した。

オォッ——。

分厚い城壁すら震わせそうな歓声が上がっている。すでにゲルハルトは到着しており、練兵場の中央でギルフォードたちを睥睨《へいげい》していた。目が若干充血しており、酒を飲んでいたことがありありとわかる。

集まっているのはテンプル騎士だけでなく、元々城砦詰めだったらしい兵士たちもいた。その半分ほどが露骨に獣人へ嫌悪の視線を向けており、同様な目を向ける騎士の比率も同じくらいだった。しかし、興味深そうにゲルハルトや獣人たちを眺める者もいた。ラヴィアとポーラがここにいないのは、今も兵の治療をしているからだろう。

（……ん？）

テンプル騎士団の隊長のひとり、年かさの隊長がルヴァインに気づくと、かすかに目礼した。ルヴァインはそれに気づいているのかいないのか、なにも返しはしなかった。

「それで？　誰が相手になるんだよ。全員いっぺんにかかってきてもいいぜ」

アインビストの盟主ゲルハルトの言葉にブーイングが起きるのだが、彼はそれを獰猛《どうもう》な笑みで聞き流す。彼の横の地面に突き刺さっている大剣を振り回せる騎士は、ここにはいないだろう。

「1対1にするのがよろしいのではありませんか？　ひとりを相手に複数で襲いかかったなどと言われたくはありませんからね」

そう口にするルヴァインとともに近づきながら、ヒカルは念のため、ゲルハルトの「ソウルボード」を確認してみた。

【ソウルボード】ゲルハルト＝ヴァテクス＝アンカー　　年齢32／位階59／12
【生命力】
【自然回復力】10／【スタミナ】13／【免疫】──【疾病免疫】3・【毒素免疫】2

／【知覚鋭敏】―【視覚】1・【嗅覚】3・【聴覚】3
【筋力】
【筋力量】18／【武装習熟】―【大剣】5
【精神力】
【心の強さ】5／【カリスマ性】5
【直感】
【直感】4

「…………」

思わず無言になってしまうほどの、ゴリゴリの脳筋スタイルだった。予想はしていたが現物を目の前にしてしまうとなかなか迫力がある。

（「筋力量」18って……）

ポーンソニア王国の騎士団長ローレンスは、ベースとなる肉体能力の数値こそゲルハルトと比べて若干低いものの、「武装習熟」がゲルハルトより高い。ふたりを戦わせたら、ほぼ互角ではなかろうかとヒカルは思うが、

（絶対その場にはいないようにしよう……そんな超人対戦の場には……）

心に固く決意した。

「なんだ、1対1か……ま、それでも構わんが。それなら武器は要らねえな」

　ゲルハルトの一言に、騎士たちは殺気立つ。

「……ギルフォード団長、ここは自分にやらせてください」

　先ほどいきり立っていた若い隊長が立候補すると、騎士団長は許可した。

（これは、僕は戦わなくていい流れでは？）

　ルヴァインとともに離れた場所で勝負を見守ることになったヒカルは、ゲルハルトが注目《ヘイト》を集めてくれたおかげで自分の出番がなくなって喜んだ。ゲルハルトと隊長が5メートルほどの距離で向き合うと、歓声はいやが上にも高まった。

「初手はくれてやる。だが素手で我ら騎士団に挑んだことを後悔するがいい」

「くぁ～……」

　隊長の言葉に大あくびで返したゲルハルトは、小指で耳の穴をかっぽじって「フゥッ」と耳くそを飛ばした。

「……貴様」

　すごいな、とヒカルは思う。

「貴様貴様貴様貴様ぁぁあああぁッ！　さらに我らを愚弄《ぐろう》するかぁぁぁああああッ！」

　人はこんなに怒れるのだ、これほどまでに太い青筋を立てることができるのだ、と若い隊長を見ながら感心した。

剣を抜き、裂帛《れっぱく》の気合《きあい》とともに駆け出した隊長は、ゲルハルト目がけて渾身《こんしん》の突きを放った。悪手《あくしゅ》だ、とヒカルは思う。なぜ正面から踏み込んでいくのか。一目見れば体格差は明らかであるのにどうして正面から戦うのか。そもそもゲルハルトが「武器は要らない」と言った時点でなんらかの自信があるのは確実ではないか。

「ふん」

繰り出された突き――その真横からビンタをするように、ゲルハルトが剣をはたく。剣の腹に触れた右手は、パンッ、と破裂でもしたかのような音を立てた。

「!?」

剣は左方向へと吹っ飛び、放物線を描いて練兵場の外側にある城壁に当たって跳ね、くるんくるんと回転して落ちてくると地面に突き刺さった。

確かに、剣の刃は左右についており、腹の部分に触れてもケガはしない。「真剣白刃取《しんけんしらはど》り」なんていう技もあるくらいだ。だけれど本気で突き込んできた剣に、横から素手で触れに行くようなあまりにも無鉄砲な行動は――ここにいる多くの騎士たちの度肝を抜いた。一歩間違えば指が切断されて飛ぶではないか。

「そんな、バカな――」

「なにを試合中によそ見している」

「!?」

飛んでいった剣を呆然《ぼうぜん》と見ていた隊長だったが、すでに目の前にはゲルハルトが立っていた。

「ぎゃうんっ!?」

振り下ろされたチョップが頭にめり込むと、隊長は地面に叩《たた》き伏せられて失神した。

「準備運動にもなりゃしねえ――」

ゲルハルトはテンプル騎士団の隊長たちをにらみつけ、続ける。

「――だから言ったろうが。全員まとめてかかってこいって」

さすがは一国を代表する武力と言うべきだろうか、隊長たちの誰しもが今の出来事に驚きながらも、戦意を喪失してはいなかった。

「獣人風情《ふぜい》が、調子に乗りおって……」

中でもいちばんの憤《いきどお》りを感じているのは騎士団長ギルフォードだろう。若い隊長が実力不十分であることをわかっていたとしても、素手の相手に、なすすべもなく叩き伏せられた。それは、聖都の郊外にアインビスト軍が駐留するという、この国の喉元に剣を突きつけられた現状にどこか近い。

「抜剣《ばっけん》!! 総員構えッ!!」

騎士団長の号令に隊長たちが剣を抜く。

「隊長だけではないッ! 総員と言ったのだ!!」

その命令はあらゆる人間に——つまり騎士にも兵士にも向けられたものだった。

観客という傍観者にすぎなかった彼らは、あわてて立ち上がり、剣を抜いた。

なんのために——簡単なことだ。

「我ら聖ビオス教導国の仇敵《きゅうてき》である中央連合アインビスト軍がここにいる!!　全軍を以《もっ》て征圧し、抹殺する!!」

騎士道とか、正義とか、そういった価値観をかなぐり捨てて、ギルフォードはゲルハルトたちを殺すことに決めたのだ。

（いや——ゲルハルトさんだけじゃない）

ギルフォードはルヴァインを指した。

「大司祭ルヴァインは、卑劣にも裏切り、獣人どもをこの城砦《じょうさい》へ招き入れた！　大罪人である!!　この場で誅《ちゅう》してくれる！」

ルヴァインまでも、汚名を着せて殺してしまおうというのだ。さすがにこの言い分はどうかと思う者も多く、騎士や兵士がざわつき始める。

ヒカルが隣を見やると、ルヴァインは薄く笑っていた。

「……一応聞くけど、これって筋書き通り？」

「……筋書きとはどういう意味ですか？　しかし、ギルフォード騎士団長がこれほどまでに激しやすい人物だとは思いませんでしたね。それに暴力性が強すぎる。一方の、血を流さずに済まそうというゲルハルト殿のほうが紳士的に見えます」

ゲルハルトが紳士、というところにはまったく同意できないヒカルだったが。

(もっと強いヤツが相手だったら喜んで流血沙汰に持ち込んだと思うけどなー)

ルヴァインは一歩前に出て言う。

「騎士団長ギルフォード。私は言いましたね。先代教皇聖下の今際《いまわ》の際《きわ》に、私は『次の教皇』を託されたと——証人は多く、ゆえに聖都は今落ち着きを取り戻しています」

それを聞いた騎士たちのざわつきがさらに大きくなる。おそらくウワサが流れてきてはいても、教皇の座を欲していたギルフォードは情報統制しただろうし、正確な情報が入ってきていないために、ルヴァインの言ったことは動揺を誘ったようだ。

「黙れ!! 貴様が次にやったことは、高名なる大司祭たちの粛正《しゅくせい》だろう! 貴様は、ライバルになる大司祭たちを血祭りに上げることで盤石《ばんじゃく》の体勢を築き、恐怖政治を始めたのだ! 血塗られた大司祭よ!」

ルヴァインの表情が冷たく強張《こわば》るのをヒカルは見て取った。確かに、それは事実でもあるが、一方で大司祭たちは法律に照らし合わせれば「死罪」になるような罪を犯していたのである。でなければ、ルヴァインほどの男が、あとからつつかれて困るような粛正など行うわけがない。

だがここでそれを口にし、粛正を「事実」と認めることは得策ではない。

「どうした!?　貴様はどんな顔で、それまで同じ教えの道を歩んでいた大司祭たちを殺したのだ！」

「……先代教皇聖下は、死の直前まで戦っておられました。『呪蝕ノ秘毒』という毒に冒されて。感染性の高いこの毒に冒されているとわかっていても、司祭たちは立派に教皇聖下の治療に励みました」

ルヴァインが話し始めたのは、先代教皇の臨終の場面だった。

これは誰も知らなかったことのようで、ざわついていた練兵場がしんと静まり返る。

「先代教皇聖下は最期の最期まで、生きること、教えを広めることをあきらめず、そのお姿は大変ご立派でした……。治療は一昼夜に及びましたが、その間、『塔』には大司祭は十指に余るほどもいたにもかかわらず、先代教皇聖下の病室へ現れた者はなく、ただひとり私が現場で治療を続けておりました。しかしながら力及ばず、先代教皇聖下は身罷《みまか》られたのです。『呪蝕ノ秘毒』に冒されながらも、聖下ははっきりとした口調で私にあとを託され、最後まで教会の行く末を案じておられました」

ルヴァイン以外の大司祭がその場にいなかったこと、感染の危険を知りながらも自分が治療に当たったこと――、それをルヴァインはドラマチックに、先代教皇のことも立てながら話した。

そうなれば当然、

「――他の大司祭どもはなにもしなかったのか……感染を恐れて」

「――ぶくぶく太っているヤツらだよな」

「――教えより金に目がくらんだ者ばかりだったはずだ」

騎士も兵士も、ルヴァインの話に引きずられていく。

「待て、皆の者！　ルヴァインは肝心なところを隠している!!」

ギルフォードは声を上げた。

「『呪蝕ノ秘毒』は先代教皇聖下が特効薬を持っておられたのだ！　それを服用しないわけがない！　つまりこやつはウソをついている!!」

「……ギルフォード殿、毒の特効薬があったとおっしゃるのですか？」

「当然だろうが！　大体あれは先代教皇聖下の肝いりで、貴様が開発していた――」

「聖下が毒を作るなどなさるわけがないでしょう!!」

ルヴァインが声を上げると、ぎくりとしたようにギルフォードはみじろぎした。

「あ……」

どうやら彼も気づいたらしい。

（バカだな。ここで先代教皇を貶《おとし》めるような発言をしたら誰もついてこないだろうに）

ヒカルが見るに、テンプル騎士団の隊長の中でもよくわかっていない者が多く、一方で数人がむっつりしている。それらはきっとギルフォードの腹心なのだろう。

　驚いてざわめく人々を静めるように、ルヴァインは小さく手を上げ、冷たい視線をギルフォードへと向ける。

「テンプル騎士団長ギルフォード殿。あなたはどうやら、先代教皇聖下に対して悪感情を持っておられるようだ」

「ち、違う！　ルヴァイン、貴様――」

「今この場で、全軍を指揮するための統帥権《とうすいけん》を返還いただきたい。あなたに武力を預けるのはいささか不安に感じます。あるいはここで、ゲルハルト殿と戦ってみますか？　彼に勝てるようであれば私の正当性など関係なく、力で治めることができるでしょう」

　不意に話を向けられたゲルハルトは、

「お？　やるのか、いいぜ。騎士団長というだけあってなかなかやるようだからな。俺も剣を使おう」

　ゲルハルトは地面に突き刺さったままの大剣をつかみ、引き抜いた。刀身からぱらぱらと砂が落ちた。

「……くっ」

　腹心である者以外、過半数の隊長たちが疑惑の目をギルフォードに向けている。

「この私に、薄汚い獣人と戦えと……！　ルヴァイン、この獣人の親玉を殺したら次は貴様だ！　――誰か、剣を持ってこい！　私の剣を！」

ギルフォードは側仕えのような騎士に剣を持ってこさせた。それは刀身が2メートル近くあるクレイモアで、うっすらと黄色の光を放っていた。

「この魔剣『破邪ノ光剣《はじゃのこうけん》』は、獣人を殺すにはふさわしいだろう」

「ふーん」

だがゲルハルトは大剣を両手で握ったまま、驚いた様子もなかった——いや、むしろ、

(ゲルハルトの中でギルフォードへの評価が下がったような……そんなふうに見える。そうか、この武器はあまりに大きすぎるから……)

ヒカルもまたゲルハルトと同じ考えにたどり着いたが、そうこうしているうちに戦いが始まった。

「カアアアアアアアアッ!!」

ギルフォードが握りしめた「破邪ノ光剣」は、よりいっそう光を放ち、あたかも炎が灯《とも》ったようにすら見えた。どよめきが練兵場を走り、さすがにこれには観客の獣人たち——ジルアーテも驚いたようだった。

「死ね!!」

どんどんどんっ、と数歩踏み込んだギルフォードは大上段から剣を振り下ろした。

腐っても騎士団長。鍛え上げられた膂力《りょりょく》で放つ一撃はすさまじく速い。

「ふん」

だが、ゲルハルトは大剣を片手で振るうと——先ほど若い隊長にやったように剣を横から叩《たた》いて吹っ飛ばした。大剣はそう遠くへは飛ばず、がらんがらんと音を立てて地面を転がった。

「ぐあっ……!?」

騎士団長の握力をもってしても止められず、そのうえふつうではない角度の衝撃を受けて、手を痛めたのだろう。左手は震え、右手でその手首を押さえる。

「どんな切れ味の剣だって横から叩かれたら意味がねえ。それからなあ、お前、大剣得意じゃねえだろう？」

「!?」

そう。ヒカルが思い当たったのもそこだ。ギルフォードが得意としているのは「剣」であって「大剣」ではなく、それは「ソウルボード」を見ても明らかだった。

(とはいえ、「ソウルボード」を見られないゲルハルトさんが一目でそれを見抜いたんだからすごいよなぁ……)

半ば呆《あき》れていると、ゲルハルトは騎士団長へと近づき、

「わ、私は剣がない、そこに斬《き》りかかるなど言語道断——」

「うるせえ、ケジメはつけろや」

「がふっ！」

ゲルハルトのアッパーがアゴに叩《たた》き込まれると、ギルフォードの——金属鎧《よろい》を着込んだ身体がふわりと浮かんで、背中から倒れ込んだ。

「騎士団長！」

「ギルフォード様!!」

「くそっ」

腹心らしい騎士隊長が3人駆け寄ってギルフォードを抱き起こし、憎々しげな視線をゲルハルトへと向ける。

「テンプル騎士たちよ、なにをしている！　我らが団長が危害を加えられたのだぞ!!　今こそ獣人どもを殺すとき！」

ひとりが叫んだが、誰も動かなかった。むしろ他の隊長のうち、白髪交じりの年かさの隊長が、

「一対一の戦いで負けておいて、危害を加えたもないだろう。事前の約束通り、これより統帥権《とうすいけん》は一時的に教皇聖下ルヴァイン様に返還されることとなった」

「な、なにっ!?」

「皆、聖下に忠誠を尽くせ」

年かさの隊長がルヴァインに向かって片膝を突き、頭《こうべ》を垂れると——他の隊長が続き、そしてテンプル騎士、兵士たちがあわててそれにならった。

それをにこやかに、満足そうに受け止めたルヴァインは、

「――ギルフォード殿、これでもまだ騎士団長の地位にこだわるのですか？」

「く……」

「だ、団長はケガをされたので至急治療が必要です！」

腹心の隊長が言うと、彼らはギルフォードに肩を貸して練兵場を出て行った。

「教皇聖下、お言葉を」

年かさの騎士隊長が恭《うやうや》しく言うのを見て、ヒカルは思い出した。

（……この人、僕らがここに来たときにルヴァインに目礼してたな）

そこでようやく気がついた。

（ああ、そうか、最初から「筋書き通り」だったんだ。騎士団長がルヴァインを悪く思っていることは確実なんだから、なにも手を打たずにここパラメトリアにやってくるわけないもんな。この隊長とはあらかじめルヴァインが連絡を取って、自分に忠誠を誓わせていたということか）

そうなればルヴァインの仕事はシンプルになる。

騎士団長を怒らせ、明確な「叛逆者《はんぎゃくしゃ》」に仕立て上げ、痛めつけて統帥権を奪う。

（えげつない……）

涼しい顔で騎士たちに訓示を垂れているルヴァインを見てヒカルはため息をついた。む

しろ、最初から手のひらの上で踊らされていたギルフォードに同情した。

◇

その日のうちに、ギルフォードはパラメトリアから姿を消した。腹心の隊長と、騎士と兵士200人弱を引き連れていったようだ。ポーラの治療も夕方までには終わり、そのころには多くの兵士たちから「聖女様」「ありがたや……」と、神々しいものでも見るような目で見られるようになっていた。

次の問題は、クインブランド皇国軍を率いる者とどのように交渉するかだ。

テンプル騎士団は同じ国の者だから、ルヴァインがあらかじめ手を回すこともできただろうけれど、皇国相手にはかなり難しい。

さて、お手並み拝見だな——とヒカルが思っていると、

「シルバーフェイス、話があります」

ルヴァインから夕食前に呼び出された。

「イヤだ」

「まだなにも言っていませんが？」

「どうせ面倒ごとを押しつけるつもりだろう？」

「他の者にとっては面倒極まりないことでも、あなたにとってはいともたやすいこと、ということは多いでしょう？」

部屋にはふたりしかおらず、燃えるように赤い夕焼けが室内からよく見えた。ルヴァインの顔色はそのせいで温かみを帯びていたが、実際は相当に無理をしていることをヒカルは知っている。

「……はあ、もういい。とりあえず話してみろ」

ああ言えばこう言う、のルヴァインと押し問答をしても意味がないので、根負けしたヒカルがため息をつくと、

「シルバーフェイスには皇国軍の大将のもとへ密使として向かっていただきたいのです」

「ずいぶん図々しくなってきたな」

「おや、即座に拒否されるかと思っていましたが……これは脈アリですか？」

「ない。ないない。呆《あき》れすぎているだけだ。アンタ、おれには護衛をするだけでいいとか言っていなかったか？」

護衛からスタートし、決闘に、密使ときた。決闘に関してはゲルハルトがすべて片づけてしまったが。

「では、私も行くのでいっしょにいらしてください。そうすれば護衛の仕事になりますし」

「……」

「――わかった、やる」

ルヴァインがむちゃくちゃな提案を始めたのでヒカルは面倒が増える前に引き取った。

「こそこそ行って、アンタの書いた文書を大将に渡す。確かにおれ向きの仕事だな？」

半ば自棄《やけ》になって言った。

「シルバーフェイス――あなたの能力は希有《けう》なものです。この国、いえ、この世界を見渡してもあなたほどの隠密《おんみつ》の達人はいないでしょう。あなただからこそ、私は、私の命を託せるのです」

不意に――ルヴァインが真顔になる。

「…………」

これはどういう意味なのか――ヒカルは考えていた。

裏表のない率直な賛辞として受け止めればいいのか。

信頼できる部下が少ないことを嘆いたのだと判断するべきか。

それとも、ルヴァインは本気で自分を信頼――。

（……それはないな。もし仮にそうであったとしても、この人にとって最も大事なものは教会だ。僕が信頼に応えても意味がない）

今の言葉は確かに不意打ちのようにヒカルの心を打った。だけれど、素直に受け入れられるほどヒカルも純粋ではなくなっている。

「報酬は追加でもらうぞ」

「はい、もちろんです」

にこやかに笑った──ウソくさい笑みを貼り付けたルヴァインは、いつものルヴァインだった。「報酬の追加」は余計な一言だったと、すぐにヒカルは後悔する。

「なら、さっさと密書を書いてくれ。今日のうちに済ませたい──」

するとルヴァインの執務机の上に、スッ、と封書が差し出された。教皇が使う封蝋《ふうろう》がしっかりと捺《お》されている。

「もう、できていますよ」

「…………」

やはりこいつは信用ならん、とヒカルは改めて思った。


魔法を使いすぎたポーラは疲労のピークであり、城砦《じょうさい》にラヴィアとふたりで残すのは不安もあったけれどジルアーテもいるので任せることにし、ヒカルはひとり、パラメトリアの砦《とりで》を出た。

完全に日は沈み、薄目を開けたような三日月だけが光源のほとんどだった。

満々と水を湛《たた》える大河は静かに流れており、ヒカルはそこから離れるように陸地を進む。皇国は戦いには船を使用しておらず、陸上兵力がなだらかな丘陵に布陣していた。

丸太を使った柵が立てられた陣営は急ごしらえのもので、空濠《からぼり》が掘ってあるものの手が込んでいるとは言えなかった。

（1万人は超えてるよね……）

ぽつりぽつりと焚《た》かれたかがり火が、立ち並ぶ天幕を照らし出している。あちこちに掲げられた国旗——杖《つえ》に巻き付くヘビと鳳《おおとり》の図案は、クインブランド皇国のものだ。

騎兵と歩兵がセットになった数人の警邏隊《けいらたい》が、魔導ランプを掲げて警戒しているけれど、これくらいの薄闇ならば、真横を通っても気づかれないだろうという自信がヒカルにはあった。

空濠を乗り越え、柵の隙間を通り抜ける。「魔力探知」で人間の分布を確認しながらヒカルは天幕の間を縫うように進んでいく。

問題は、どこに大将がいるのか、だ。

「——わはは、俺の勝ちだ」

「——おいおい、こりゃイカサマだろうが」

「——バカ言ってんじゃねえ」

笑い声などの喧噪《けんそう》が聞こえる。酒を飲んでバクチをやっている者がいる。

「——ああ、あっ、兵士さん、兵士さん」

「——いいぞ、いいい、すごくいい」

娼婦《しょうふ》を抱いている者もいる。

「——明日は早いぞ、炊事当番だからな」

「——わかってますよ……」

「——さっさと寝ろ！」

軍として機能しているところもある。

沈黙している天幕では、多くの兵士が眠っているようだ。

皇国軍はいくつものグループに命令系統が分かれているようで、休んでいるグループと緊張感があるグループとが見受けられた。

（そんなものなのかな……）

戦《いくさ》の最前線に来るのなんて初めてのヒカルは、なにもかもが目新しい。

中には商店があり、鍛冶屋《かじや》がいて、女たちが集まる区画はさらに警備が厳しかったりとさまざまだ。これは「移動する街」なのだ。

「魔力探知」を拡張していくと、人が多いせいで頭に飛び込んでくる情報量が多くなり吐き気を催すのだが、我慢できる限界を見極めながら進むと——ぽつりと、ひとりだけ孤立している男を発見する。もしやと思って向かうと、ひときわ大きな天幕があり、見てきたなかでも最も立派で最も大きい国旗が掲げられていた。

ふと見ると、離れた天幕に数人の見慣れない服装——明らかに皇国軍の兵士ではない者が数人いたが、気にすることもないかとヒカルは巨大な天幕へと近づいた。

入口にはかがり火が焚《た》かれていたが立哨《りっしょう》の兵士もおらず、ヒカルは「隠密《おんみつ》」を使いながら悠々と天幕へと入る。陣地の中心地であるここを警戒しても仕方がないのだろう。

入るとすぐに衝立《ついたて》があり、すぐ裏の会議室の目隠しとなっていた。見事な一枚板でできているが、ただ文章が刻まれているだけの衝立である。

『皇国に皇帝あり。皇帝はあまねく皇国を照らす』

『皇国に臣民《しんみん》あり。臣民は皇帝に忠義を捧げる』

皇国の臣下は皇帝に絶対の忠誠を誓っていると聞いたことがあったが、こういうところにもそれは現れているのだろう。

(いや、逆なのか?)

ヒカルはふと、日本で聞いた話を思い出していた。それは、あるカリスマ創業者が作り上げたIT企業の日本支社についてだが、さぞや先進的で多様性のある働き方をしているのだろうと思っていると、壁には創業者の言葉が張られ、創業者の価値観がすべてであり、それになじめないものはすぐに辞めていく――と。

情報通信技術が発達した現代の地球ですら、大人数をまとめあげるには創業者のカリスマを利用し、企業の価値観を統一していた。「人種の多様性」はいいが、「価値観の多様性」は敵なのだ。

（「皇帝に忠誠を誓った結果、国がまとまる」のではなく、「国をまとめるために、みんなが皇帝に忠誠を誓う」んだな。そのための刷り込みをしている……）

クインブランド皇国が、国を統一するために皇帝を神格化しているのはある意味で宗教的でもあり、ある意味で実利的でもあるのかもしれない。

ふーむ、深いな……なんてつぶやきながらヒカルは会議室へと入っていく。魔導ランプが照らし出すテーブルには付近の地図が広げられ、聖ビオス教導国軍の戦力についても事細かに書かれていた。驚くべきはその情報の正確さで、今日の今日出て行ったテンプル騎士団の騎士団長についてまで、「真偽不明ながら」という但《ただ》し書き付きで書かれていた。

「……誰かいるのか？」

ぎくりとした。地図に夢中で「魔力探知」がおろそかになっていたのだ。

会議室は垂れ幕で仕切られており、その奥にはこの天幕の主《あるじ》がいた――ヒカルが当たりをつけていた、皇国軍を率いる総大将とおぼしき人物が。

身長は170センチ前後と、この世界の武人にしては小柄ではあるが、ゆったりとした服を着ていてもわかる異様なまでに分厚い胸板と、両肩の筋肉。歩き方も重心がどっしりしており、会議室の奥に立て掛けてある鋼鉄製の斧付き槍《ポールアックス》くらいは軽々と振り回しそうだ。

横分けにしている濃いブラウンの髪の毛はさらりとしており、つぶれたような鼻は少々赤く、つぶらな瞳は緑色と、どこかひょうきんな感じすら受ける。

(——油断できない)

ヒカルは「直感」していたし、ぎりぎり5メートルの距離になったところで「ソウルボード」を確認すると、それは裏付けられた。

【ソウルボード】ダイモン＝ディ＝ロズワース　年齢29／位階28／7

【生命力】

【自然回復力】4／【スタミナ】6

【魔力】

【魔力量】3／【精霊適性】─【水】3

【筋力】

【筋力量】7／【武装習熟】─【長槍《ちょうそう》】4

【精神力】

【心の強さ】3／【カリスマ性】3／【魅力】1

【直感】

【直感】2／【知性】─【演算】2・【言語出力】2／【記憶力】2

武力に特化したゲルハルトや、ポーンソニア王国の騎士団長ローレンスのような怖さはないが、とにかく隙がない。この手のタイプで魔法まで使える人物は珍しいし、部隊を率いる上で必要そうな「知性」関連の伸びもある。

この男が「ソウルカード」でどんな神の「加護」を得ているのかが少し気になった。

「……アンタが皇国軍の総大将で間違いないな？　ロズワース卿《きょう》」

ヒカルが「隠密《おんみつ》」を解いてテーブルの向こう側に現れると、そこで初めて気がついたのだろう――「隠密」が見破られたのではなく、「直感」に従っただけだったのだ――ダイモンは目を剥《む》いた。

「お前は……『シルバーフェイス』？」

心底驚いたはずなのに大きな声を出さず、しかもすぐにヒカルの素性《すじょう》を探ってくるあたりはさすがだと、素直にヒカルは思った。

「ああ、そうだ。おれもずいぶん有名になったものだ」

「……なんの用だ？　お前は中央連合アインビストで暴れていたんだろう？」

顔に似合わず甲高い声で聞いてくる――ヒカルは内心で舌打ちしたくなった。

ヒカルの仲間であるポーラ、つまりフラワーフェイスが皇国で治療活動にいそしんでいたことをダイモンが知っていれば、ヒカルへの信頼感も高くなるだろうと思っていたが、どうやら知らないらしい。皇国内で「呪蝕ノ秘毒」が流行《はや》りだしてからあまり日を置かず、彼は出兵したのだろう。

皇国の状況は長距離の通信魔道具で情報を受け取っているはずだが、うさんくさい仮面の連中のことまでは話が来ていないのか。

いずれにせよダイモンの、ヒカルについての知識は結構古いものだった。

「おれは聖ビオス教導国の新教皇ルヴァインから、依頼を受けてここに来た」

「……それを証明するものは？」

教皇がルヴァインになったことは知っていたのだろう、ダイモンは証拠を求めてきた。

(そういえば聖都にも皇国のスパイが入っていたっけ。前線のダイモンがそれを知らないわけはないよな……でもそれなら僕のことだって話しておいてくれればいいのに)

かつてのウンケンの仲間らしい皇国スパイたちを、呪《のろ》いたくなるヒカルである。少々疑問はあったが、

(まあ、いいさ。僕はやるべきことをやって、さっさとルヴァインの目の届かないところに行くだけだ)

と気持ちを切り替える。

「ここに教皇の封蝋《ふうろう》をした密書がある」

「……それが教皇の封蝋であると証明するものは？」

「紋章官でも呼ぶがいい」

「ふむ……」

ヒカルが密書をテーブルに置いて数歩下がると、ダイモンは用心深く近づいて密書を手に取った。

「人を呼ぶ」

「わかった。では調べが終わるまで姿を消しているとしよう」

外へと出たヒカルが「隠密《おんみつ》」を発動すると、すぐにチリンチリンと鈴を鳴らす音が聞こえた。

それから1時間ほど――天幕には多くの人員の出入りがあった。かがり火の数は倍になり、歩哨《ほしょう》する兵士もちらほらと見える。天幕からは昂《たか》ぶった話し声も聞こえてきた。

（はぁ……ルヴァインめ、こんな面倒ごとを押しつけて……あの中で待ってればよかったかな？）

と思ったが、さすがにそれは無謀というものだろう。皇国とは戦争中で、問答無用で殺されることだって十分あり得るのだ。見通しの悪い天幕の中はヒカルにとって不利な場所だった。

なので今は、天幕が見える場所をうろうろしている。

（どうする？　このまま朝まで呼ばれなかったらさすがに明るいところで隠れ続けるのは無理だと思うんだよな。大体、密書の内容を僕は知らないし……内容がダイモンを怒らせ

て、パラメトリアへ総攻撃でも始めたら目も当てられない。僕も帰れなくなる）

ヒカルはつらつらと考えていた。

「――あちらの天幕です」

「――こんな夜更けにどうしたというのだ」

「――ダイモン殿も人使いが荒い。だがそれに応えるのも私の仕事だろう」

数人の歩く気配と、聞いたことのある声がした。

ヒカルは即座に、その人たちの前へと姿を現した。

「何者!?」

剣に手を掛ける護衛騎士たち。だが、その中央にいた青年は、

「シルバーフェイスではないか！　なぜここに？」

驚きとともに警戒を解く。それはナイトブレイズ公爵家の嫡男《ちゃくなん》である、ガレイクラーダ＝ギイ＝ナイトブレイズだった。

「シルバーフェイス……この者が？」

「クジャストリア女王陛下、それにナイトブレイズ公爵閣下とも知己《ちき》であるという……」

護衛騎士もシルバーフェイスについては知っていたらしい。

かつてヒカルはこの青年の命を救った。ただ表向きは「東方四星」のシュフィが治療したことになっているし、ガレイクラーダもそれを信じている。それでもその後、クジャス

トリアが女王に即位するまでの内乱寸前のごたごたではさすがにヒカルも姿を現して行動しなければならなかったし、クジャストリアの兄である王太子オーストリンと決闘し、彼の命を奪ったのがシルバーフェイスであることだって知っているはずだ。

（好都合は好都合だけど、複雑な気分だね……）

人殺しとして知られているなんて、居心地が悪すぎる。だけれど今は任務成功を最優先させるべきだろう。

「おれは今、聖ビオス教導国の新教皇ルヴァインとともに行動している」

「ルヴァイン……？」

ダイモンは知っていたというのに、ガレイクラーダはルヴァインの名は初耳のようだ。

「教皇の密書をダイモンに届けたのだが、見ての通り大騒ぎだ」

「届けた、というのは……その、なんだ。あなたの得意技で忍び込んで渡した、ということか？」

「まあ、そうだ」

ヒカルが答えると、「そりゃ大騒ぎになるだろ」という顔をするガレイクラーダをはじめとする王国の人たち。

「と、とにかく、ガレイクラーダ殿はダイモンに呼ばれたのだろう？　おれの話であることは間違いない。そこでお願いがあるのだが――おれの身分を保証してくれないか」

「なぜそんなことが必要なのだ」

「ダイモンはおれに不信感を抱いている」

ヒカルが答えると、「そりゃ不信感を抱くだろ」という顔をするガレイクラーダをはじめとする王国の人たち。

「……ちょっと急いでいるんだよ。まともに訪問しても会ってくれなかったろうし」

「ふっ。父からは君のことを聞いていたが、どうやら父のイメージとは少々違うらしい。冷静沈着で判断を間違えない男だと言っていたからね」

「…………」

そんなふうに言われたら、どんな反応をすればいいんだよと思うヒカルである。

「わかった。君には大恩があると父も言っていたし、私も一肌脱ごう。いっしょにダイモン殿の天幕に行こうじゃないか」

「ありがたい」

歩き出しながらガレイクラーダは言った。

「……ところで、『東方四星』がどこに行ったか知らないか？」

ああ、この人はシュフィに恋をしていたんだっけ――と思い出す。

ここで「異世界に行きました」などと言えば、説明するのが大変だろうと思い、

「いや、わからないな。彼女たちとは生きる世界が違う」

「そうか」

あまり期待していなかったのだろうけれど、それでもガレイクラーダの視線はこの場にはいないシュフィを捜しているように見えた。

ガレイクラーダについていくと、ヒカルが侵入者だと知っている皇国軍はあわてて応戦体勢を取ったが、ガレイクラーダが安全を保証し、なおかつ中から出てきたダイモンも応じたので武器を下ろした。

「中へ。ガレイクラーダ殿も入られよ」

「よろしいので？」

「無論のこと。そもそもここは、ポーンソニア王国の土地であるからな」

「——ちょっと待て」

だがそこにヒカルが待ったをかけた。

「人払いをしてくれ」

「……なぜだ？」

「おれはビオスの使いで来たが、こんなところで死ぬつもりはない」

それを聞いた皇国軍の兵士たちが、「無礼な」とか「命も懸けずになにが使いだ」などといきり立つ。

ふー、とダイモンは息を吐き、

「わかった。しかし私の護衛も必要だ」

「それは構わない。天幕内には何人いてもいいが、天幕の外は半径100メートルほどは人を入れないでほしい」

「………」

そこまでするのか、という目でダイモンは見てきたが、ヒカルとしては「隠密《おんみつ》」を常に発動できないこの状況は、これまでにないほど危険だった。

目に見えるところに敵がいくらいても構わないが、視界を遮られた場所にいられると、いくら「魔力探知」があったとしてもリスクが大きい。

(臆病者と笑いたくば笑え。僕は軍人でもなければ責任ある立場の人間でもない、ただの学生なんだよ)

学生にあるまじき経験を散々してきたが。

結局、ダイモンは兵を退《ひ》かせることに同意し、10人の供を連れて先に天幕へと入った。

「どうぞ。中は安全ですぞ？」

振り返って嫌みっぽく言いつつ。

ガレイクラーダに続き、ヒカルも天幕へと入る。

「中は安全だが、天幕の裏手に3人、天幕の上に2人、兵を配置しているだろ。さっさと退かせろ」

嫌みに対抗してはっきり告げると、ダイモンは鼻の頭にシワを寄せ、

「……それは私の知らないことだ。シルバーフェイスの言ったことは事実か？」

お供のひとりが顔を青ざめさせて答えた。

「はっ。緊急のこともありますれば」

「シルバーフェイスはひとり、我らは10人だぞ。早く退かせよ。お前もう下がっていていい」

「……わかりました」

恭《うやうや》しく頭《こうべ》を垂れて天幕を出て行くが、ヒカルとすれ違いざま、「腰抜けが」と捨《す》て台詞《ぜりふ》を吐いていった。

(褒め言葉だよ。こんな命の軽い世界で用心に用心を重ねなかったらすぐに死ぬんだから)

「魔力探知」でしっかり確認すると、きれいに100メートルほど隔てたところで、兵士がぐるりと天幕を取り囲んでいる。

「これで満足か、シルバーフェイス」

「満足のわけないだろう、やりたくもない仕事をやらされているんだ。さっさと話を進めよう」

天幕内の地図のあるテーブルへと移る。そこには先ほどヒカルが持ってきた密書の他に、いくつかの書類が増えていた。

「ところで……シルバーフェイスはどういった使いでここに来たのだ？」

ガレイクラーダがたずねてくる。

「さあ？　それがわからないから、おれも大変なんだ。密書の内容も知らない」

「――内容は、新教皇を名乗るルヴァイン大司祭が、我らが皇国皇都ギィ＝クインブランドへ向かいたいといった旨が記されていた。皇帝陛下に謁見《えっけん》し、停戦について協議したいそうだ」

ダイモンがひとりイスに座り、密書を指で弾《はじ》きながら言った。

それはヒカルにとっても予想の範囲内だったが、ガレイクラーダは心底驚いたように目を剥《む》いた。ガレイクラーダは公爵家の長男とはいえ長らく病床についていたから、そういう政治的な勘はまだ働かないようだ。

「で、そっちの回答は？」

ヒカルが問うと、

「――この無礼者が！　頭を下げて許しを乞うならまだしも、そう簡単に我らが皇国の領土を踏めると思うなよ!!」

護衛のひとりが憤《いきどお》って叫ぶ。同様に他の護衛たちも怒りの視線をぶつけてきたので、ガレイクラーダとそのお供たちはぎくりとする。

こんな中でも飄々《ひょうひょう》としてこちらの様子をうかがっているのはダイモンだ。

（食えないヤツ。僕がどんな人間なのかを見抜こうとしているんだろうか？　軍人というより政治家みたいな人間だ）

有《あ》り体《てい》に言えば、ヒカルの苦手とするタイプだった。ルヴァインと議論でも戦わせてみたいところである。

「なんとか言わんか！　言えぬのか⁉　臆病者が！」

「……言わないさ。言う必要もないからな」

「なに！」

「ほら、来たぞ」

ヒカルは彼らに言わせるだけで放っておいたのは、ある人物がこちらに近づいているのを捕捉していたからだ。その人物は「隠密《おんみつ》」を使っていたが、ヒカルの「魔力探知」をかいくぐれるほどではない。

天幕の裏口からひっそりと入ってきて、今、ダイモンの後方で「隠密」を解除する――

「来たぞ」とヒカルに言われてばつの悪そうな顔で。

「――ロズワース閣下。皇都より連絡があり、参りました」

それはヒカルが聖ビオス教導国聖都アギアポールで、ウンケンに紹介された皇国の諜報《ちょうほう》部員だ。

「しかしなぜここにシルバーフェイスが……？」

「……君はシルバーフェイスについて知っているようだが、なにを知っているのだね」

「はっ、閣下。今や皇国中枢でシルバーフェイスを知らぬ者はありますまい。皇都に蔓延《まんえん》する奇病『黒腐病《こくふびょう》』治療の特効薬は、我ら諜報部《ちょうほうぶ》が入手しましたが、入手に当たっては彼の協力が大きかったと聞いております。さらに彼の仲間であるフラワーフェイスなる回復魔法使いが『黒腐病』の治療魔法をもたらし、多くの皇国民の命を救いました」

「な、なにっ⁉」

ダイモンは目を見開き、ヒカルを見やる。それは他の軍人たちも同様だった。

ヒカルだって驚きだ。

(「我ら諜報部が入手」だって？　あの特効薬、諜報部が侵入に失敗したから僕が代わりに取ってきたんだってのに)

どうやら諜報部は自分たちの手柄を大きくするために、シルバーフェイスをただの「協力者」に格下げしてしまったようだ。

「そ、それは事実か？」

「もちろんです。今回の連絡事項は、進軍に当たっては聖都アギアポールにいるであろうシルバーフェイスをくれぐれも丁重に扱うように、という内容も含まれていたのですが……閣下は皇都のことをご存じなかったのですか」

「うむ……皇都の『黒腐病』問題が収まったことは聞いていたが……」

戦争の最前線であるがゆえの、偏った情報伝達なのだろう。

渋い顔でダイモンはヒカルに言う。

「……シルバーフェイス、お前も人が悪い。この情報が確かならばお前は我が国の恩人ということになるではないか。なぜそれを言わなかった？」

「おれが言って信じたのか？」

「………………」

ムッとしたようにダイモンが黙り込むと、他の皇国軍人たちは何事かを囁《ささや》き合う。今までの態度を振り返ると、それは恩人に対するそれではなかったが、今さら引っ込みがつかないとかそういったところか。

やれやれ、とヒカルは内心でため息をついた。そんなことはどうでもいいのだ。

「それで、密書への返事は？」

「……お前がビオスの側に立ち、ビオスの名代であるというのなら話は違う。ひとつ確認するが、お前は、聖ビオス教導国の教皇が、クインブランド皇国の皇都へ行くことに賛成なのだな？」

「ああ」

「お前もついていくのか？」

確認はひとつじゃなかったのか、と思いながら、

「ああ」

「……わかった。ならば我らは、皇国皇都へ行くことを許可するしかなかろう」

ダイモンが許可を出すと、閣下、という咎《とが》めるような声が軍人たちから上がる。彼らからすると憎きビオスをこのまま攻め滅ぼしたいのだろう。実際、パラメトリアの砦《とりで》にいるビオス軍の負傷者はかなり多く、回復魔法使いが足りていないほどだった。なにもしなければ遠からずパラメトリアは陥落していたかもしれない。

「皇都に入ることを許可するということは、パラメトリア侵攻も停止するんだな？」

「それについては長距離通信で確認する」

すると諜報部員《ちょうほうぶいん》が、

「……閣下、防諜のために長距離通信の使用は許可されていないのでは……」

「ビオスから持ち込まれた案件を確認するのに今さら防諜を気にしても意味がなかろう」

ダイモンはすぐさま答えた。

長距離通信の魔道具、たとえば冒険者ギルドも使っている「リンガの羽根ペン」などは通信を傍受できると、ヒカルも聞いたことがある。

ヒカルの知識では、これらの魔道具は地下を流れる魔力を利用している。

（暗号化されていない無線みたいなものかな）

ダイモンは通信の手配をしながら、ヒカルに告げる。

「返信は明日になるだろう。お前はここに泊まっていくか？」

冗談じゃない、と思った。

「おれはもう行く。それと――ガレイクラーダ殿、ひとつ頼みたいことがあるのだけれど」

「ん？　私にか？」

話についていけていないガレイクラーダは人差し指で自分を指した。

「人をひとり、王都に送り届けてほしいんだ」

翌朝――太陽が東の稜線から昇ると、クインブランド皇国旗を掲げた騎兵が1騎、パラメトリアへ向けてやってきた。正式な使いである彼を攻撃する者は当然おらず、騎兵は城門前へとやってくるとよく通る声を上げた。

「クインブランド皇国軍総司令官ダイモン＝ディ＝ロズワース卿《きょう》より貴国との停戦に応じる旨、伝えに参った！　本文書を受け取られよ！」

城門は開かず、通用門が開くと、テンプル騎士団が5名ほど現れてその文書を受け取った。彼らが戻ろうとすると、その背中に皇国の騎兵が言葉を浴びせた。

「――教皇ひとりの犠牲で命拾いしたな」

と。

まだ戦えるぞ、と怒りに顔を染めたビオスの騎士たちが振り返ったときには、騎兵はすでに馬を走らせて皇国軍の陣地へと戻っていくところだった――。

「……なるほど。皆さんはご苦労さまでした、内容は私が確認します」

一通り報告を受けたルヴァインは、怒り覚めやらぬという騎士たちをねぎらいつつも人払いした。さっと文書に目を通し、誰もいない部屋にむけて口を開く。

「シルバーフェイス、いるのでしょう?」

「……まあ、いるが」

するりと「隠密《おんみつ》」を解いて現れたヒカルは、いい加減ルヴァインは「隠密」に適応しすぎだろうと思う。

「ありがとうございます。あなたのおかげで皇都ギィ＝クインブランドへ行けそうですね」

「そうか。――それじゃあ、おれからひとつアンタに頼みがある。まあ、密使の報酬代わりだと思って聞いてくれ」

「頼みですか?」

ヒカルから切り出すのは珍しいからだろう、ルヴァインが先を促すように右手を開いてみせた。

「そう難しいことじゃない。依頼終了後に借りるはずだったリオニーを、今貸してほしい」

「ほう。なにをする気です?」

「皇国軍の陣地にいたポーンソニア王国のお目付役がちょっとした知り合いでね。彼が王都に戻るのに合わせて、リオニーも連れて行ってもらおうかと思うんだ」

「リオニーを王都に連れて行くつもりだったのですか？」

「マズいか？」

「いえ……ポーンソニアの王都で、どんな魔術の研究を？」

　にやり、とヒカルは笑った。

「秘密だ」

「……あなたはほんとうに秘密が多い男ですね」

　ルヴァインにだけは言われたくないと思うヒカルである。

　もちろんリオニーには、クジャストリア女王とともに「世界を渡る術」の研究を進めておいてもらうつもりだった。自分は皇都に行かなければいけないが、その間、ヒカルの帰りを待つ必要はないだろう。

「それで、皇国はどんな注文をつけてきたんだ。タダで停戦し、アンタを通してくれるほどお人好しじゃないだろ」

「いえ、タダで停戦し、私を通してくれるようですよ」

「……なんだって？」

　侮ることなどできなそうなダイモンのことだから、なにか注文をつけてくるのではないかと思っていたのに、予想外だった。

だがルヴァインはこう付け加えた。

「お供は護衛を10人まで。アインビスト軍は同行させないという条件付きですが、これなら『無条件』とほぼ同等でしょう？」

ヒカルは天を仰いだ。やっぱりむちゃくちゃな注文をつけてきたじゃないか——教皇を生かすも殺すも皇国次第、ということだ。そして自分はそれに巻き込まれている。

和平の特使ならば軍隊を引き連れる必要はないだろう——と、そう言われてしまえば反論のしようもないが、それでもルヴァインは、聖ビオス教導国という大陸でも指折りの大国のトップである。それが、交戦中の敵国へおもむくというのにお供は10人までというのは、あまりといえばあまりではないか。

と、多くのテンプル騎士たちは思ったし、神殿兵たちも「お願いだから連れて行ってください」と泣きながら頼み込んだが、ルヴァインはそれらすべてを封殺し、さらにはお供の10席の取り合いになることも見越して自らが10人を選抜した。ここまで付き添ってくれた神殿兵と、新たに忠誠を誓ったテンプル騎士から半々で。

すでに聖都アギアポールはルヴァインがおらずとも動けるように整えてあり、パラメトリアのテンプル騎士団についても次の騎士団長を決定してしまった。

それらの行動ひとつひとつは、感情を排した「合理」の塊《かたまり》だとヒカルは思ったのだけれ

（……まるで死ぬ前の身辺整理みたいだ）

とも思えた。

ルヴァインにとってはめまぐるしいほど忙しい1日が終わると、翌日早朝には10人の護衛を連れてパラメトリアを出ることになる。夜明けから間もない時間だったがすでに周囲はだいぶ明るくなっており、ルヴァインを乗せた馬車には御者として護衛が2人乗り、7騎の騎馬が周りを固め、食料などの荷物運びのためにもう1台馬車がついた。

ヒカルとラヴィア、ポーラについてはクインブランド皇国の「客人」扱いになり、「10人」には含めずともよかったので、ポーラにはルヴァインとともに馬車に乗り込んでもらい、ヒカルとラヴィアは一緒に馬に乗った。

「開門！　開門！」

要塞パラメトリアの鋼鉄製城門が、音を立てて開いていく。

「――騎士団長、あとは任せますよ」

「はっ。教皇聖下もくれぐれもお気を付けて……」

馬車の外で跪《ひざまず》いているのは、白髪交じりの隊長だった。彼は早くからルヴァインと連絡を取り、ギルフォード排除のために動いてくれたがゆえの新騎士団長抜擢《ばってき》だった。

「出発!!」

御者の護衛が声を上げると、先頭の騎馬2騎が進み始め、それに続いて馬車も走り出す。ヒカルは最後尾からその光景を眺めていた。

これが一国の頂点の旅立ちかと思うほどに寂しい眺めだった。

「……教皇聖下、万歳ッ！」

神殿兵のひとりが、思いがけず、という感じで、感情とともに声を放った。

「そうだ……教皇聖下、万歳!!」

「万歳!!」

「俺たちのために、すみません……!!」

「ああ、情けない、我が身のふがいなさよ……」

泣き出すテンプル騎士もいた。

彼らもまた、ルヴァインが決死の覚悟で皇国に向かうことを知っているのだ。そして、自分たちが比類なき武力で皇国を退けていればこんなことにならなかったことも。

(……先代教皇のバカな思惑で、多くの人々が振り回されたんだな)

たとえ千年を超える因縁があったのだとしても、問題を起こしたのはすでに死んだ先代教皇だ。ランナの甘言に乗って「呪蝕ノ秘毒」なんてものを作らなければ、皇国が攻めてくることもなかった。

泣き声とともに、教皇の安全を願う人々の声が上がる。それを聞きながら馬は進んでいく。城門を通り過ぎ、空濠《からぼり》に下ろされた跳ね橋を越えていくと——城壁の上に並んでいるアインビスト軍の獣人たちの姿が見えた。彼らは同行できない。

ゲルハルトにジルアーテ、それに多くの獣人たちは無言でこちらを見下ろしている。最初、ゲルハルトは当然のように「俺もついていくぞ」と言ったのだが、もちろんそんなことはできない。さらには今回は「荒事《あらごと》なし」という大前提なので——それが守られるかどうかは別として——ゲルハルトがついてくると余計に勘ぐられてしまう。

ルヴァインが軍をまとめていた昨日は、ヒカルはヒカルでゲルハルトとジルアーテを説得するのが大変だった。ジルアーテは「アインビストの、そして私個人にとっても、恩人であるシルバーフェイスが危険だというのならば私もついていきたい」と言い出す始末だったのだ。

彼らの申し出はありがたかった。正直なところ、ヒカルも不安でいっぱいなのでできればついてきてほしいくらいだったけれど——それでもルヴァインを皇国に送り届けるのが自分の仕事で、それだけ考えれば獣人軍はいないほうが安全だと判断し、断ったのだった。

「シルバーフェイス！」

ジルアーテのよく通る声が聞こえた。

「ちゃんと帰ってきてね!!」

彼女がもう一度叫ぶと、ゲルハルトが両腕を開いて大口を空へと向けた。

ウオオオオオオオオオッ——。

その咆吼《ほうこう》は、月に吠《ほ》える狼《おおかみ》のそれよりもはるかに大きく——クインブランド皇国軍の陣営奥深くまで届いたという。

答える代わりに、ヒカルは小さく手を上げ、親指を立ててみせた。

こんなことで死ぬつもりはない。

これが終わったら絶対の絶対の絶対に、遅い夏休みを取ってゆっくりしてやる——そう心に誓いながら。

(失敗フラグじゃないぞ。絶対に休むんだ)

ヒカルの内心はどうあれ、それが余裕綽々《よゆうしゃくしゃく》に見えたらしく、獣人たちからはやんややんやと囃《はや》す声や口笛が聞こえてきた。

それは、ヒカルの緊張を少なからずほぐしてくれた。

第31章　皇都の顔には裏がある

クインブランド皇国はポーンソニア王国の隣国にして、「王国から派生した」という建国の歴史を持つ国だった。

ゆえに過度にライバル視し合い、2国は長く争ってきた。だが一方で王国を規範としてできあがった国なので、首都の名は「ギィ＝クインブランド」「ギィ＝ポーンソニア」とそれぞれ似ており、貴族につける敬称も同じだった。「ダイモン＝ディ＝ロズワース」は、皇国でも王国でも同じく「ロズワース伯爵家のダイモン」という意味になる。

「おぉ……あれが皇都ギィ＝クインブランドか」

ヒカルは馬の背に揺られ、10日間の旅の末、皇都までやってきた。

なだらかな丘陵や森林地帯は王国のそれに似ていたが、針葉樹が多い。馬車が通行する街道は石畳で整備されており、それがはるかに見える皇都へと続いている。

まばらに家々が出現したと思うと、次第に密度を増していく。しかしほんとうの皇都の入口はさらに先だ。300年を超える昔に造られた城壁はぐるりと皇都を円で囲んでいる。

上空から見なければわからないが、見事なまでに正円を描いており、ほとんどゆがみがなかった。東京の山手線《やまのてせん》に囲まれる面積よりも一回りほど大きい皇都だが、それほどまでに巨大な円を正確に描き、城壁を建造する技術が大昔にあったと聞いてヒカルは驚いた──それらはすべてラヴィアが本から得た知識だったが。

これほどの大きさでも、ポーンソニア王国より規模が一段下がるのだから、王国の大きさがうかがえる──今は混乱から立ち直るさなかにあるが。

「ん。ポーラはとんぼ返りだけど、わたしはもちろん初めて行く都市だから楽しみ。どんな本があるんだろう……」

ヒカルと馬に二人乗りし、前に座っているラヴィアはむふーと鼻息荒く言った。本を読みに来たわけではないのだけれど、とヒカルは苦笑しつつ、それでも書店巡りくらいはしたいと思った。

王国の王都よりもずっと古く、人口も多い皇都だ。娯楽の質も高そうだ。

ルヴァインの護衛の旅はこれで終わりとなるし──ちらりと前を行く馬車へと視線を投げる。すでにリオニーはガレイクラーダとともにクジャストリア女王に会っているころだろう。ヒカルが異世界から来たことは一応秘密にしているが、「世界を渡る術」によって異世界の存在がリオニーに知られるのは、それほど痛手ではない。

教会に知られて教会が異世界とこの世界をつなげようと躍起になったらいろいろと問題も起きそうだが、リオニーには守秘義務が課される。守秘義務を破って口を割るような人ではないとヒカルは思うし、最悪秘密が知られても魔術のコアとなる知識はクジャストリアが持つわけで、すぐに世界をつなぎ放題とはならないはずだ。

（思いのほか、なにも起こらなかったな……）

前線の総大将だったダイモンは、自身こそ前線に残ったが、副将を護衛につけてルヴァインを守らせた。「皇国の落ち度で事故でも起きたら皇帝陛下に顔向けできない」とばかりに緊張感みなぎる皇国軍がいるおかげで、トラブルらしいトラブルも起きずにここまでやってきたのだった。

さらには「これが皇国の文化だ」と言わんばかりに、専属の料理人が腕を振るい、ルヴァインをはじめヒカルたちにも食事を振る舞った。

いずれにせよこの旅路は、予想外に快適だったのである。

「皇国軍が通る！　道を空けよ！」

軍隊に先導され、ルヴァインの馬車が通っていく。その見慣れない国旗に皇国民たちは首をかしげつつも、珍しいものでも見るように街道沿いに集まってきた。

皇都に入るためには、荷物や身元を簡単に確認するらしく、行列ができていたが、それを横目にヒカルたちはずんずん進んでいく。

鋼鉄製の落とし格子を見上げつつ城門をくぐると――そこはもう皇都だった。だけれど、外と内で違いがあるように感じられないのは、皇都があまりに大きいからだろう。

さまざまな色のレンガでできた家々は、屋根の傾斜が強い。王国よりも北にあるクインブランドは冬に大雪が降るからだ。

結局、皇都に入ってから2時間ほど進んだ場所にある屋敷に宿泊することとなった。そこは国外からの使者を泊める施設で、一国の主《あるじ》が来た場合にはもっと豪奢《ごうしゃ》な場所を用意するだろうことが容易に想像できる、広いだけの殺風景な建物だった。

「ここが貴様らの逗留《とうりゅう》場所だ。くれぐれも問題行動は起こさないように」

護衛隊長としてついてきた皇国の副将は、最初から最後までルヴァインたちに敵対意識を燃やしていた。

「なるべく早く皇帝陛下に取り次いでくれ」

「ふん」

テンプル騎士が言うと鼻で笑って、隊長は部隊を引き連れて去って行った。

それがなにを意味するのかわかるのは、数日先のことである。

◇

広い、が、なにもない――それがこの屋敷の特徴だった。

壁によって家々が仕切られているこの区画は、それなりの資産家や身分のある人間の住居には違いないけれど、ルヴァインにあてがわれた屋敷には使用人の類がいなかった。清掃担当者は出入りしているが、身の回りの世話や料理などは自分たちでやらなければいけないのだ。外国からの客をもてなすというより、「呼んでもいないのにやってきた人たちに、宿泊設備を提供してやっている」という皇国の意識が透けて見える。

「連中、我らをもてなす気などないのだ」

「いくら敵国とはいえ、この皇国でも多くの信徒に敬われる教会の頂点である教皇聖下がいらっしゃったのに……！」

「皇都内でいちばん大きい聖堂へ行きましょう！　こんな場所に留《とど》まる必要はありませんよ！」

ルヴァインのお供たちは憤《いきどお》ったのだが、騒ぎ立てると皇国の態度をさらに硬化させるだろうということ、それに皇都の聖堂にも迷惑がかかることを挙げて、ルヴァインはやんわりと提案を却下した。

「ふふ、それに、いいではありませんか。皆さんの野戦料理を期待していますよ」

もともと美食に興味がないのか、単に経験していないだけなのか、ルヴァインがこだわりなくそう言うと、テンプル騎士と神殿兵は顔を寄せ合って「誰がいちばん料理上手か」について話し合いを始めた。

実のところ、エリートであるテンプル騎士団と、庶民からのたたき上げが集まる神殿兵団とは折り合いが悪かったのだが、ルヴァインが分け隔てなく接することや、味方の数が10人だけというこの状況ではいがみあっている場合ではなく、代表として5人ずつついてきた彼らは密接に関わり合うようになっている。

（ここまで見据えた上での抜擢《ばってき》だったら恐れ入るけどなー）

ヒカルはそんなことを思いながら、ルヴァインの部屋を訪れた。

広い室内には寝台がひとつと、火の気のない暖炉、それに造りの悪い執務机があるきりだった。ここは2階で、夕陽に照らされる皇都をルヴァインは窓際で眺めている。

「なんだ、シルバーフェイスですか。ノックをして入ってこられると、それはそれで心に壁を作られたようで寂しいですね」

「心の壁は最初から城壁よりも高く存在しているだろ」

こんな状況でも軽口をたたけるルヴァインにやや呆《あき》れながら、ヒカルは執務机を挟んで反対側に立った。

「それじゃ、おれはここでお役御免だな。アンタの護衛は終了だ」

「……なんのことですか？」

「は？　トボけるなよ。おれが請け負った『皇国までの護衛依頼』のことだ」

「ふつう護衛の仕事というのは、雇い主の目的が完了し、安全なところまで戻ってからでしょう。『山頂までの護衛』を頼まれて、山頂で解散しますか？」

「………」

ヒカルは、ルヴァインならそう言ってくるんじゃないかという気がしていたが、さらに抵抗してみることにした。

「ここで皇国と停戦協定を結べれば、アンタには護衛の必要もなくなる」

「護衛が必要なのは皇国からの攻撃だけではありません。多くの敵がいますから」

「はぁー……まあ、アンタならそう言うよな」

「シルバーフェイスにしては聞き分けがいいですね。うれしいですよ」

「アンタがおれをつなぎ止める目的は、『ビオスに帰る道中の安全確保』じゃないことくらい、わかっていたさ」

ヒカルが言うと、ルヴァインは微笑《ほほえ》んだ。先を言えと促しているようだった。

「……簡単に、皇帝と停戦協定を結べるわけがない。アンタがここにいる情報が広がれば『呪蝕ノ秘毒』で被害に遭った人たちが襲撃してくるかもしれない。アンタが必要としているのは、『皇都滞在中の安全』だ」

「やはり慧眼《けいがん》ですね。すばらしい」

「褒め言葉は要らない。それならこうしよう――おれの出す条件は『停戦協定が結ばれるまで』の護衛だ」

「もちろん、それで構いません」

即答だった。その即答に、ヒカルはやはりうそ寒いような感覚に陥る。

（この人は、停戦協定さえ結ばれてしまえば自分が死んでも構わないと思っているんだ）

使命感を持ち、しかし生に対する欲望が薄い。

話していてやりにくいし、なにより――ヒカルの心までもルヴァインの考えに侵食されそうなのが怖かった。

合理も極めればこうなるのか。

「……それじゃあ、おれはおれで自由に動くよ」

「ありがとうございます。でも、案外すんなりと皇帝陛下に会えるかもしれませんよ？」

聞いたヒカルは、人差し指をルヴァインに突きつけてから、

「思ってもいない軽口を言わないことだな。教皇聖下のお言葉を真に受ける人間はごまんといるんだぞ――アンタの影響力はアンタの想定以上だ」

ヒカルはすたすたと部屋を出て行った――閉じられた扉を見つめ、ルヴァインはもう一度微笑んだ。そして、

「……こんな軽口を言えるのはあなたくらいですよ」

とつぶやいた。

一向に皇帝との謁見《えっけん》が決まらないまま、ただ漫然と3日が過ぎていった。

さすがにこれ以上は待てない、せめて予定くらい知らせてくるべきだと、テンプル騎士3名が皇城へと向かった。この区画からは歩いて30分ほどのところにあり、屋敷からもその城郭《じょうかく》は見えている。

朝から出て行った彼らが帰ってきたのは、夜も更けてからだった。

「……あのクソッタレども」

聖ビオス教導国内ではエリートとして扱われて高度な教育を受け、他国では貴族のみが身につける礼儀作法をマスターしている彼らは、帰って来るなり吐き捨てるようにスラングを口にした。丈夫だけが取り柄で、飾りもないテーブルとイスに集まった留守番チーム7人と、ルヴァイン。それにヒカルたち3人は離れた場所で話を聞く。

「我らは国を代表した使者として来たこと、さらには教皇聖下もおられることを伝えたにもかかわらず丸一日待たされました。長い長い行列が、皇城の申請係の部屋にはできておりまして、なんと、我らの前と後ろにいたのは商売の許可を求める商人だったのです！国を代表している我らと、商人とを同じ列に並ばせるとは……！」

歯噛《はが》みする騎士たちだったが、ルヴァインは表情も変えず先を促す。

「ご苦労でしたね。それで、申請はできたのですか？」

「はい……するにはしたのですが、まずは外務卿《がいむきょう》の管轄に属する渉外調査局という小さな部署の官吏《かんり》と会うようにということでした」

「ふむ。ではその者に会いましょう」

「え!?　教皇聖下が直々《じきじき》に……!?」

「明日、案内をお願いします」

「し、しかし、そんな者と聖下が話をされるというのはなんとも筋違いで、そのぅ……」

「私の面目などどうでもいいのです。向こうが、そうでもしないと話をしないということでしたら、私が話しましょう」

「………」

言い切ったルヴァインに、テンプル騎士たちはなにも言えなかった。

だけれど、ヒカルは、

(……だいぶ皇国の態度は硬化しているな。これ、ルヴァインが出て行っても意味がないんじゃ……)

と悲観的な想像をした。

その翌日、ヒカルはシルバーフェイスとしてルヴァインに同行することになった。ラヴィアとポーラには漫然と過ごした3日間に引き続き、書店巡りでもしていてもらう。

(大丈夫なのかな～……まともに行ってても取り合ってもらえなそうだけど。まあ、それくらいひどいことをやったんだけどさ、先代教皇は)

ヒカルは心配しつつも、

（それでもなにか思いついたような顔をしていたから、策があるのかな）

陰からこっそりとルヴァインの様子をうかがった。

昨日と同じ3人の騎士とともに皇城へと向かう。皇城は、都市を覆う城壁よりもさらに高い壁によって囲まれており、内側には皇帝の住まいである皇宮をはじめ、国の機関が集まる皇城、それに近衛兵団の施設などが、ぎゅうぎゅうに詰め込まれていた。

街道よりも細くなった道は軽く傾斜しており、高い位置にある皇城へと続いている。

かつて濠《ほり》があったのが今は埋め立てられているのか、門の前には橋の手すりだけが残っており、朝から行列ができていた。並んでいるのは商人が多かったが、文官や貴族らしき者の馬車もある。

ルヴァインの馬車は聖ビオス教導国の国旗を掲げており、明らかに目立っていたが、粛々《しゅくしゅく》とその行列に並んでいた。

「おい、そこの外国の騎士」

あまりに目立つためか周囲がざわついていると、皇城から兵士が10人ほどやってくる。

「なんだその馬車は」

横柄《おうへい》な物言いに、テンプル騎士の額に青筋が立つ。けれどあらかじめルヴァインに言われているのだろう、すっと息を吸い込んでから、

「我らは聖ビオス教導国、聖都アギアポールより参りし使節!!　ここにおわすは世界の教

会の頂点、教皇聖下その人である！」

まるで宣言するように大声を上げた。

「――教皇聖下!?　ウソだろ」

「――教会のトップってめちゃくちゃ偉い人じゃないか」

「――でもお供があれしかいないぞ」

聞いた周囲が口々に言うと、兵士はあわてて、

「しょ、少々待たれい……それほどの方の来訪は我らは聞いておらぬ……」

「昨日、謁見《えっけん》申請の窓口にて申し伝えてある！　にもかかわらず知らぬのは、そなたらのミスであろう！」

「わ、わかったから、そう大きな声を出すな。――おい、誰か聞いてきてくれ！」

自分の責任にされてはかなわぬとばかりに兵士が命じ、部下が奥へと飛んでいった。

その結果、ルヴァインは行列に並ぶこともなく進むことを許されたのだった。

(うまいな～。こっちの身分を明かして、向こうにも交渉の席に着かせるのか)

ヒカルは感心したものの、国家間の外交を取り仕切る外務卿《がいむきょう》ではなく、その部下である渉外調査局の文官が3人ほどやってきただけだった。

通された応接室もこぢんまりとしており、調度品はヒカルが見てもさほどよい代物ではない。教皇としての正装をしているルヴァインの、見た目はシンプルながら贅沢《ぜいたく》な布を使

った衣服に比べると、明らかに部屋は貧相だった。

(さあ、どうする？　向こうはまだまともに相手にする気はなさそうだぞ)

「隠密《おんみつ》」を使って部屋の隅に立っているヒカルに、気がつく者はいない。日中だというのにヒカルの「隠密」は今日も絶好調だった。

「これはこれは遠いところをわざわざお越しくださってありがとうございます」

皇国の文官が口を開いた。青白い顔色の頬骨の出た中年の男で、抜け目なくルヴァインやテンプル騎士たちの様子をうかがっている。

「教皇聖下がお越しくださったのは、貴国が我が国で意図的に流行させた『黒腐病《こくふびょう》』に対する謝罪ですかな？」

「違う！　それは教皇聖下とはなんの関係もないこと——」

言い返そうとしたテンプル騎士を、小さく右手を上げてルヴァインは制する。

「そのとおりです」

はっきりと、その罪を認めた。

これには文官たちも驚いたようで黙りこくると、ルヴァインは静かに続けた。

「謝罪は絶対に必要なことでしょう。それには皇帝陛下にお会いせねばなりません」

「……会う必要はありませんな。ここに、我らの要求する賠償内容があります」

文官は紙に書かれたリストのようなものをテーブルに置いた。それをちらりと見たルヴ

アインは無表情で、

「内容について協議が必要なようです」

「協議する余地はありません。聖ビオス教導国の国庫を考えれば、この支払いはできるものと我らは考えます」

「これだけの金額を払えば、聖ビオス教導国内のほとんどの事業が止まるでしょう。人々が餓えて死ぬことは看過できません」

「皇国で死んだ人間は放っておいたのに？」

「……教会を代表する者としての謝罪は皇帝陛下の前でしましょうが、皇国での被害を最小限に抑えるために、多くの教会関係者が尽力したこともお忘れなきよう」

言われて、文官はムッとした。図星だったのだろう。「呪蝕ノ秘毒」の蔓延《まんえん》を食い止めたのは「回復魔法」の使い手たちで、命を懸けて人々を守ろうとしたのもまた教会関係者だったのだ。

「それにこれには、停戦に関する条件が含まれておりません」

ルヴァインは紙を指差した。

停戦協定が結ばれなければ、皇国は引き続き攻め込むことができてしまう。

「それはそうでしょう？　賠償はあくまでも失われた人命に対してのもの。その後の戦略は別の問題です」

「この賠償内容で協議の余地なしでは、話になりません。このような条件を我が国が呑《の》むとお思いか」

「ふーむ？　ならばこうすればどうでしょうか。1点、貴国に同意してもらいたいことがあります。それを許可してもらえれば、外務卿《がいむきょう》の予定を空けましょう」

「……なんでしょうか」

ルヴァインの問いに、文官はにやりとした——この条件を出すことは想定内だったことがよくわかる笑みだった。

「『彷徨《さすらい》の聖女』として名高い修道女フラワーフェイス。彼女は、我が国で起きた『黒腐《こくふ》病《びょう》』の災禍において非常に献身的に働いてくださった。彼女を皇国にもらい受けたい」

まさか——とヒカルは思った。まさか、ここでポーラの名前が出てくるなんて。

確かに「呪蝕ノ秘毒」を解毒する魔法「破縛の解毒《ブレイクスペルアンチドーテ》」は、ヒカルが知る限りソウルボードの「回復魔法」でレベル6が必要だった。それほどの使い手は国にひとりいるかどうか。「東方四星」のシュフィや、ルヴァインですら足りず、ソウルボードを使ってヒカルがこっそりと上げたくらいだ。

ポーラから聞いている限り、クインブランド皇国には「破縛の解毒」ができる人物がひとりしかおらず、その人物は貴族たちの治療を優先したため、ポーラとシュフィは民衆を片っ端から治していったはずだ。

シュフィよりも、ポーラの名前が売れているのか、あるいはふたりとも仮面を着けていたのでまとめて「フラワーフェイス」、「彷徨の聖女」という呼び名なのかはわからなかったが、皇国はポーラに目を付けたのだ。

「………………」

よほどヒカルは、そこに割り込んで「ふざけるな」と言ってやろうかと思ったが、こらえた。それは——ルヴァインの身体から激しい怒気が発せられたからだ。

無言。しかしそれは確実にルヴァインの身体から出ている気配。

一般人にもわかるそれは——おそらく限られた人間だけが持つことのできる「オーラ」のようなものは——文官にも伝わったらしく、「ヒッ」と彼らは息を呑んだ。

「……聖ビオス教導国では過去、ヒト種族でない方々を一方的に奴隷として扱ったことを恥じ、現在はそういった人々の解放に向けた作業を進めています。にもかかわらず、私が、他ならぬこの教皇が、人を売り渡すような真似をしたらどうなりましょうや」

「あ、あ、あ、あ……」

文官たちは汗をダラダラと流し、なにも言えなくなっていた。ほんのりと笑みを浮かべたルヴァインの迫力はすさまじく、それを直視していないテンプル騎士たちですらじっとりと汗をかいていた。

「外務卿に、今日の話を余すことなく伝えなさい。貴国の損失になる前に」

ルヴァインは立ち上がり、部屋を出て行った。ハッとしたテンプル騎士たちもまたあわててその後を追っていく。

（……ルヴァインは、やっぱり一本筋が通ってる）

わかっていたこととは言え、ヒカルは少々ルヴァインを見直した。シルバーフェイスが見ているかもしれない、ということも頭にあったかもしれないが、それでも彼の動きは教会の、聖ビオス教導国全体の動きを体現していた。

ヒカルは、文官たちがようやくのろのろと動き出し、「生意気な」だの「なにが我が国の損失だ」だのと文句を言うのを聞いたあと、部屋を離れた。

このまま彼らが外務卿《がいむきょう》を連れてくるとは思えない。やはり一筋縄ではいかないようだ。


その日の夜、ルヴァインの部屋の扉を叩《たた》く者があった――それはヒカルだった。ルヴァインはヒカルの来訪を予想していたようで、机での書き物をやめてテーブルへとヒカルを導いた。

手ずからお茶を淹《い》れようとした彼は、ふと、ヒカルの横にいる人影に目を留めた。

「あなたは……」

「はい。フラワーフェイスでございます。教皇聖下。お茶は私が淹れますのでどうぞお座りください」

「いえ、これは私がシルバーフェイスをもてなしたいだけですから」

「……かしこまりました」

こういうときのルヴァインは妙に強く押し切ってくる。ヒカルの隣に座ったポーラの前に、ルヴァインはお茶を注いだカップを差し出した。

「こんな夜更けになんの用ですか？　やはり、日中の先方とのやりとりを聞いていたということでしょうか？」

ルヴァインは確証がないながらも、あの文官がいた部屋にヒカルもいたと考えている。

「そのとおり。おれはちょっとした提案をしに来た」

「……あなたがわざわざ私に念を押す必要はありません。あの場で先方に伝えたとおり、私は人を売るようなことはしませんから、ご安心を」

ルヴァインは、先代教皇の「罪」について、お供のテンプル騎士と神殿兵に話していた。彼らはひどく驚きつつも、ルヴァインに変わらぬ忠誠を誓い、次に今後の話になると、フラワーフェイスを差し出して解決すべきでは、と提案したのだった。もちろんルヴァインは拒否したが。

「逆だよ。フラワーフェイスを差し出せばいいんだ」

「……は？」

「ふえぇぇ!?」

ルヴァインはぽかんとし、ポーラはポーラで事前に話を聞いていなかったので変な声を上げる。

「わ、わ、私はもう要らないということですか!?」

「そうは言ってない。君は必要だ」

「ほっ……」

胸をなで下ろすポーラとは裏腹に、

「なにを言いたいのですか、シルバーフェイス。身代わりを立てるとかそういうことは意味がありませんよ。フラワーフェイスさんが本物かどうか確認するには、難しい魔法を使わせるだけでいいんですから」

ルヴァインはいまだ怪訝《けげん》な顔だった。

「……ふっ、教皇聖下ともなると正々堂々と正面から物事を進めなければいけないだろう？　だけど、アンタが司祭だったときにはもっといろいろなやり方があったはずだ」

「シ、シルバーフェイス様、お言葉がっ」

ルヴァインにぞんざいな口を利いているヒカルを目の当《ま》たりにして、ポーラがハラハラしている。もちろんルヴァインは気にもしていないが。

「いろいろな、やり方……」

「簡単なことさ」

ヒカルはにやりとし、考えついた「策」を提案する。

聞いたルヴァインは目を見開き、そして、

「……あなたはやはり、私の想像を超えてきますね」

「お褒めにあずかり、どうも。別にうれしくはないがな」

「シルバーフェイス様、教皇聖下にそうおっしゃっていただけるのはとても光栄な……」

「しかしいいのですか、シルバーフェイス。これは護衛の仕事ではまったくありませんよ」

「あのな……おれはさっさと自由の身になりたいんだ。そのためだったら自分から動くさ。アンタやテンプル騎士に任せていたら皇帝にたどり着くのに何年かかるかわかったもんじゃない。——それに」

ヒカルは付け加えた。

「陰でこそこそ動くのは、得意だからな」

◇

クインブランド皇国皇帝は、代々がマンノームであり、それがヒト種族中心のポーンソニア王国とは絶対的に違う。

また、王都ギィ＝ポーンソニアがさまざまなものを呑《の》み込む緩い王都である一方、皇都ギィ＝クインブランドはよく整備された都市だと言える。

「ビオスの教皇とは、余はいつ対面するのかえ？」

「陛下、お慌てになりませんよう。今回の交渉は明らかにこちらに分がありますぞ」

広い会議室には、たった4人しかいなかった。

ひとりは、皇国の内務トップである宰相《さいしょう》。

ひとりは、皇国の外務を司る外務卿《がいむきょう》。

ひとりは、諜報部《ちょうほうぶ》の長官だ。

そして――金箔《きんぱく》の施された、もっとも高価なイスに座っているのがこの国を治めるクインブランド皇帝である。

「しかし、一国のトップをそう何日も放っておけぬ。余の疑問は当然のものであろ？」

身長は150センチもなく、頭に戴《いただ》く冠は不釣り合いに大きくさえ見える。だが、これは皇帝が「幼い」ということではない。彼は72歳という年齢だった。だがその顔には人間で言えば大学生か、社会人になったばかりというほどの若さがあった。

現皇帝カグライ＝ギィ＝クインブランドもまたマンノームである。

「外務卿。陛下のお言葉はもっともだと思うが？」

だいぶ年齢を重ね、長い白髪を後ろで縛っている宰相が深いシワを眉間に寄せながらたずねる。

でっぷりと太った男が外務卿であり、太い両の眉はつながり、ぬらりとした分厚い唇を動かしてにやりとした。

「ほっほっ。本件は外務部内で問題なく処理しております。必ずや近々、陛下にすばらしい内容のビオスとの交渉案をお見せしましょう」

これまでも交渉ごとでは強気で当たってきており、その都度よい結果をもたらしてきた外務卿である。結果が出ている以上は周囲も文句を言えない。

「……宰相はどう見る？」

「はっ。教皇聖下が皇都に入城したことまでは知っておりますが、それ以上の情報はなく――」

「ほう！　宰相閣下は、我らが皇帝陛下をはじめ多くの皇国民に毒を持った教皇のことを、敬称を付けて呼ぶのですかな」

宰相の言葉にかぶせるように外務卿が言うと、

「外務卿、今は呼び名はどうでもよい。余が、宰相の意見を聞いておきたいのである」

「これは失礼いたしました……。我が国への攻撃を思うと腸《はらわた》が煮えくりかえり、どうにかしてあの教会組織をたたきのめしてやろうと思ってしまい、よもや教皇ごときに『聖下』などと呼ぶことはできませんで」

「もうよいと言った」

皇帝はそれで打ち切ったが、宰相《さいしょう》は内心でため息をつく。外務卿《がいむきょう》はここでさらに手柄を立てることで、文官のトップである宰相の座を狙っているのだ。

（……この大変な時期に己《おのれ》の権力を拡大することしか考えぬとは――愚かな男よ）

「呪蝕ノ秘毒」によって皇国の国力は傷つき、混乱に陥った。今はそれを復興させるさなかで、いわば非常事態でもある。それはもちろん「功を上げる」チャンスでもあるのだが、それをあからさまに狙えば「他人の不幸は蜜の味」のようにすら見えてしまうことに外務卿は気づいていない。

外務卿は目の前にある宰相の座しか見えていないのだ。

「それで、宰相」

「はっ……。今は軍部が荒ぶっておりますから、生半可な内容の交渉では誰も納得しますまい。しかしながら現在のビオスでは、『呪蝕ノ秘毒』に関わったうえ教会をも食い物にしていた高位聖職者は、軒並み粛正《しゅくせい》されております。これ以上戦争を続けることもよろしくないでしょう」

「間にポーンソニアがあるからの」

「はっ。いくつかビオスの都市を落としても、我が国の飛び地となりますな」

「やはりここは外交で決めなければなりませんなあ？」

外務卿が得意げに口を挟む。それはそのとおりなのだが、外務卿はある程度のところまで話が進んで——つまり横槍《よこやり》をもう入れられないところまで進めてからでないと、報告をしてこないのでタチが悪い。

先ほどの「交渉案」というのも、皇帝にすら報告していないのだ。

今回の件では外交でカタをつければ、軍部よりも優れたところを見せられるわけで、外務卿が張り切ってしまうのも仕方がない側面はあるのだが。

「……その外交の中身を教えてほしいのだがな」

「おお、おお、これは失礼しました、宰相閣下。これは外務の分野で、非常に専門的な交渉をしておりましてなあ……しかし、一端を披露するならば、我が国にとって『恩人』である人物を迎え入れるとか、そういうわかりやすい決着をつけるつもりですぞ」

「恩人？」

怪訝《けげん》な顔をした宰相を無視して、外務卿は皇帝に言う。

「陛下。ビオスのことは我らにお任せあれ。必ずやすばらしい結果をご覧にいれましょうぞ——宰相閣下はむしろ、皇都内の今の問題に集中するべきでしょう。諜報部《ちょうほうぶ》もそう思うだろう？」

それまで黙っていた陰気な中年の男——諜報部の長官は慇懃《いんぎん》にうなずいた。

「は……。皇都内に流通している、例の薬物『夢幻蝶《むげんちょう》』については最優先で調査を進めております……」

「……諜報部《ちょうほうぶ》には、『呪蝕ノ秘毒』特効薬の調達に今回の薬物調査と、苦労をかける」

「もったいないお言葉でございます、陛下」

恭《うやうや》しく、やり過ぎではというほどに深々と頭を下げた長官だったが、ふと顔を上げた。

「……陛下、妙な情報が入ってきたようです」

諜報部長の右耳を覆っているのは四角い金属のプレートだった。これは諜報部で導入したばかりの新型魔道具で、皇都内程度の距離であれば声を伝達できるものだった。

片側通行の無線のようなものだ。

「妙な情報？　なんだえ」

「は。外務卿《がいむきょう》が交渉中の、聖ビオス教導国からの客人に動き・・がございます……。皇都中央教会にて、大々的にその名を明らかにし、信徒を集めだしたようです」

「なんだ、それは⁉」

「なんだとッ⁉」

宰相《さいしょう》と外務卿のそれぞれが腰を浮かせた。

明らかに予想もしていなかった行動だった。

◇

皇都中央教会前には広場があるが、そこには皇国民が大勢集まっている。教会の入口にはステージが作られており、そこには中央教会の代表である司祭長と、新教皇であるルヴァインが並んで立っていた。

「お集まりの信徒の皆様、疫病による悲しみも覚めやらぬこの皇都に、我ら教会組織を代表する求道の長である教皇聖下がいらっしゃいました。この皇都の窮状に心を痛められ、聖ビオス教導国からわずかな供だけを連れて、急ぎに急いで来てくださったのです」

杖《つえ》にすがっていなければ今にも倒れそうな司祭長が穏やかな声で演説すると、魔道具がその声を増幅して民衆に伝えていく。

教会という組織の中では「地方司祭」にあたるこの司祭長は、皇国全体をとりまとめている実力者だ。なまじ聖ビオス教導国の中枢に関わっていないがために、汚職に手を染めることもなく長年働いている。

「ありがとう」と司祭長を労《いたわ》るように言いながら、ルヴァインは民衆へと顔を向けた。

「疫病が猛威を振るうさなかに駆けつけられなかったこの身を許してほしい。私にできることは人を治療することだけ。どうか、身体に不調のある者、ケガをしている者は名乗り出てほしい。多くの司祭たちとともに私も治療に当たりたいと思う」

教皇自らが治療をすると聞いて民衆はざわめいた。すると最前列にいた——炊き出しでも期待していたのか——浮浪児のような子どもが声を上げた。

「俺の母ちゃんは肺をやられて毎日ゲホゲホしてる。でも金がなくて治療ができない」

声はよく通り、多くの民衆が聞いたことだろう。ルヴァインは一瞬、子どもの境遇を思いやったのかつらそうな顔をし――すぐに穏やかな笑みを浮かべた。

「すぐに連れてきなさい。肺がよくなる魔法をかけてあげよう……今日ばかりは、治療費のことなど気にしないでいい」

するとあちこちから声が上がった。

「――先日、屋根から落ちて足を折った」

「――冒険中に呪《のろ》いをかけられて左手が動かねえんだ」

「――去年から親父が血を吐くようになった」

「私がこの皇都にいる間は、治療を続けることを約束する。必ず治療をするから、焦らず、重篤《じゅうとく》な者から順に連れてきてほしい」

ルヴァインが何度もうなずきながらそう宣言すると、ワァッと民衆は沸いた。

「呪蝕ノ秘毒」のせいで皇都の機能は一時的に麻痺《まひ》し、その間、あらゆる活動が止まっていた。

お金が流れなければ物の流通も止まる。毎月決まった給料をもらえるような仕事はこの世界にはほとんどないために、大部分の皇国民は無収入だったのだ――そうなれば治療に払える金などないに決まっている。

（……これほどまでに深い傷を残していたとは……。恨みますよ、先代）

喜びに沸く民衆を見ながらルヴァインは心の中でつぶやく。先代教皇の非道が、いかに多くの人々を傷つけたことか。

ルヴァインの視線の先には、建物の陰にいる3人の姿があった――ヒカルたちだ。ヒカルがうなずいて姿を消すと、ルヴァインもまたステージから降りた。

「さあ、治療を始めましょう。今日は長くなりますよ」

そのときのルヴァインは「教皇」ではなく、一介の「助祭」としてあちこちの教会を回ってボランティア治療をしていたときの顔に戻っていた。

これを機に、皇都内に点在する30を超える教会で、無償治療が始まった。


大きく、明るく、活気のある皇都とはいえ、暗い道は存在する。

警邏《けいら》の兵士たちですら「通りたくない」と思い、通るときは危険を承知で行かねばならないような場所である。建物の入口はほとんどなく、窓のない壁だけが続く。あるいは廃屋だけがあるような――いわゆる「スラム」である。

そこにいる人々の経歴はさまざまだ。

生まれてからずっとそこで育った子どももいる。

借金で首が回らなくなって、隠れ住む者もいる。

ケガをして仕事ができなくなった冒険者もいる。

伝染病だと思われて捨てられるようにやってきた老人もいる。

そんな人々でも腹は減り、性欲は昂《たか》ぶるので、彼らを相手にパンを売り、春をひさぐ人もいる。

「……おじいさん、目が見えないのですか？」

道の隅にべたりと座り、いつ風呂に入ったのかもわからないような垢《あか》まみれの老人がいた。彼の額から左目にかけて、化膿《かのう》した皮膚が広がっており、残った右目も白濁している。

「あ……？　誰、だ」

明らかに目は見えていないようだが光だけはわかるのだろうか――目の前に立った人物の背後に、建物に切り取られた青空が広がっているのを感じているようだ。

声を掛けた人物は、老人の化膿した額に手を触れた。そこは、家族ですら触れるのを嫌がり――「これ以上、この家にいないでくれ。子どもに伝染《うつ》ったらどうする」と老人を追い出したほどのものだ。

老人はハッとしてその手を払いのけようとしたが、できなかった。

「『天にまします我らが神よ、その御名《みな》において奇跡を起こしたまえ。右手がもたらすは命の恩恵、左手がもたらすは死の祝福。地において生ける我らに恩恵をたまわらんことを。我が身より捧げるはこの魔力』――」

金色の光があふれ出たと思うと、温かなものが老人の額に流れ込んできた。

「あ、あ、あ、あ……」

化膿した部分はそのままだったが、その下にある皮膚は明らかに血色がよくなっていく。白濁した目は霧《きり》が晴れるように、老人の、緑色の瞳が現れる。

老人はついに、目の前にいる——花柄が彫り込まれた仮面を着けた人物を目にした。その人は手ぬぐいを使って老人の顔をきれいにしてやった。左目もまた右目同様、元に戻っていた。

「……あなたは優しい人です。私が触れようとした手を払いのけようとしました……私に、病気を伝染さないようにしたのですね」

「あ、あなたは……あなた様は……？」

「完全に治したので、もう健康な方と同様に動けます。少しばかりですがこちらを受け取ってください。そして、身体をキレイにして、元の生活にお戻りください」

小さな巾着袋にはお金が入っており、仮面を着けた少女は老人にそれを押しつけるように渡した。

「——困りごとがあれば教会を頼ってくださいませ」

そうして少女は、まるで煙のように姿を消した。

「——」

老人はぽかんとして少女の消えた場所を見ていたが、次に自分の両手を確認する——見える、そこに、以前と変わらぬ己《おのれ》の手のひらがよく見える。

チャリ、と小さく音がした。巾着袋を見た老人は、

「おお、おお……なんという」

震える手でそれをつかむと、押し頂くように天へと掲げ、頭を地べたにすりつけるようにした。

「奇跡じゃ、奇跡が起きたのじゃ……神が、天使を遣わしてくださった……」


また別の場所では、右足を失った元冒険者の女が娼婦《しょうふ》として街角に立っていた。その瞳はすさんでおり、身体を露出するためだけに作られたような薄い布に身を包みながらも失われた足だけは隠していた。

「あの……あなたが元ランクCの冒険者だった、ケイトさんでしょうか？」

「あ？」

振り返った彼女の瞳の奥に、かすかな炎があることを仮面の修道女は見逃さなかった。

「冒険者ギルドで聞きました。足さえ戻ればあなたはまたどこでだって活躍できると」

「……お前、ナメてんのか？　見ろよ、足がねえんだよ。足がねえからこうやって身体を売るしかできねえんだろうが」

長いスカートの裾をまくると、そこにあるべき膝から下の部分がなかった。

冒険者にとって身体のなにがいちばん重要かと問われれば、それは「足」なのだ。悪路を行き、モンスターを倒すために踏み込み、あるいは逃げるために駆ける。そのすべてに足が必要だった。

「では失礼しますね」

「お、おい、お前!?」

いきなりしゃがみ込んだ仮面の修道女。バランスを崩しながらも修道女を拒絶しようとしたケイトを、後ろから何者かがつかんだ。

「動くな――」

「……な、何者だ!?」

その者の接近にまったく気づけなかったケイトは、氷のような声に思いがけずぶるりと身体を震わせる――だがその恐れは、次の瞬間吹っ飛んだ。

「『天にまします我らが神よ』――」

仮面の修道女が「回復魔法」を使い始めたことはすぐにわかった。長い冒険者生活で同じパーティーを組んだ僧侶《そうりょ》が毎日のように使っていたからだ。その僧侶は男で、ケイトとは何度も夜を共にしたことがあったが浮気性でもあり、ケイトが足を失う大ケガをしたあとは、他のメンバーとともに彼女の前から姿を消した。

ランクCの僧侶ともなればかなりの「回復魔法」を使うことができるのだけれど、それでも、今目の前で発動した魔力の奔流からすると、大河とドブくらいの差があった。

「あ、あ、あ、なん、なんだよ、これっ……むずがゆい！」

「シルバーフェイス様」

「ああ」

金色の光の中、失われた足がむずむずするような感覚に襲われると、自分を後ろから押さえていたはずの男は素早くナイフを抜いて、巻かれた包帯に切れ込みを入れた。

はらりとほどけたそこに見た光景を——ケイトは生涯忘れないだろう。

植物の芽が出て育つように、骨と肉がともに伸びていくのだった。そうして失われた足を元の通りに生やすまでにかかった時間は、ものの数十秒だった。

「……ふう、これでよし。足には血が通い始めたばかりなので、しばらくの間、できれば1か月は歩く練習をしてください」

「え……え？」

なにが起きたのかいまだに理解できないケイトの目は、戻った足に釘付《くぎづ》けだった。

「ケイトさんが引退すると言って、投げ捨てるように残してきた武器や防具は、まだ、皇都冒険者ギルドで保管しているそうです。道具たちもきっと、ケイトさんが戻ってくるのを待っていますよ……」

「！」

その話を聞いたケイトはハッとして顔を上げた。

だけれどその場にはもはや誰もおらず、ただ彼女の足から滑り落ちた包帯が風に散らされていくだけだった。


暗い室内でケホケホという咳《せき》が聞こえた。痩せこけた青白い少年がベッドに横たわったまま虚《うつ》ろな目を室内にさまよわせていた。

誰かと話すのは、遅い時間に母が帰ってきたときだけ。父はいない。酒浸りだった父は少年が肺を病むと「伝染《うつ》されたらたまったもんじゃねえ」と言い残して姿を消した。家を出て行く理由を常に探していたような男だが、母はいまだに父の帰りを待っているふしがあった。

母は朝早くから夜遅くまで市場と酒場の2か所で働いている。それでも少年の薬を買うと給金はほとんど手元に残らず、少年の食事は朝の1回きりで、夜は母が酒場で残り物をもらってきた日にだけありつける。

日中はじっとしている。そうすれば疲れないし腹も減らないから。

微熱がずっと続いているため、どのみち動けもしないのだけれど。

「……僕は、もう死んだほうがいいのかな」

誰もいない小さな家でひとり言を言うのは、いつものことだ。そうしないと、世界に取り残されたような気がして、心が暗い闇に押しつぶされそうになるから。

「流行病《はやりやまい》で死ねばよかったのに、誰にも会わなかったから感染もしなかった……」

皇都を襲った「呪蝕ノ秘毒」は少年の家のあたりにも魔の手を伸ばした。２軒隣の一家が罹患《りかん》したが、その後に特効薬で回復したために、少年が罹《かか》ることはなかった。

「あのときは……お母さんが一日中家にいてくれて……いっぱいお話ができて楽しかったな……」

毒が猛威を振るっているときには市場や酒場も営業せず、母は家にいた。食べ物はほとんど底をついていたが、それでも母がいてくれることがなによりうれしかった。

母が知っている昔話は聞き飽きるほどに聞いたし、いまだに逃げていった父を良く言う思い出話を聞くのは切ない気持ちになったけれど、それでも、

「……あの時間が、最後に神様がくれた、プレゼントだったのかな……」

そのとき、カタン、と小さな音がした。

食べ物がないのでネズミすらも近寄らないこの家で、音がするときは母が帰ってきたときだけだ。でも、今はまだ昼過ぎのはず――。

「う、ううっ、シルバーフェイス様ぁ、私、この子のこと放っておけません～……」

いきなり近くで声がしたかと思うと、仮面を着けた修道女がすぐそこで泣いている。

「いや、別に放っておくために来たんじゃないでしょ。助けるためでしょ」

「そ、そ、そうでしたぁ」

その横には仮面の男がいたが、声はだいぶ若く、少年より少しだけ年上のように感じられた。

そして少年は、自分の言葉を聞かれていたことに気づき、

「あの……あなたたちは強盗ですか。ここにはなにもありませんが……」

「強盗なんかじゃないですぅ、むしろあなたに分け与えに来たんですぅ」

泣きながら話しかけてくる。

「いえ、その、なにかをもらうことは……母に禁じられています。『施しが借金だった』ということはよくあるとか……」

「うわぁぁん！　世知辛《せちがら》いぃ！」

ついに大声で泣き出した。さすがに少年も、これは強盗ではなく別の目的でやってきた人なのかなと思い始める。

「それなら早く魔法を」

「は、はいぃ……。君、じっとできるかな？」

「ええと……これは……？」

少年が戸惑っていると、仮面の修道女の手が額に当てられた。

彼女の朗々と発した言葉によって発動される魔法は、少年も知っている初歩的な回復魔法だった。ああ、よかった——これならお金を請求されることもないだろう、と少年は変なところで安心しつつ、一方で仮面の修道女が発する魔力量の多さに驚いた。

この魔法なら、ふつうはポゥと手のひらが発光するくらいなのだが、今は仮面の修道女の周りに金色の光があふれ、衣服がふわりと浮き上がるほど。

これはただの魔法じゃない——と直感したときには、少年の身体に温かな魔力の奔流が流れ込んでいた。

「あ、あ、あ……」

身体が芯から温まり、ひび割れた爪の先まで力が行き渡る。

発熱が引いていき、頭を覆っていた靄《もや》のようなものが消えてなくなったからだろう、少しずつ明晰《めいせき》さが戻った頭が感じ取ったのは、強烈な空腹感だった。

「あ……」

くうう、とお腹《なか》が小さく鳴ったときには光はやんでいた。

そしてそのときにはもう——仮面の修道女ともうひとりの姿はなく、ベッドの片隅に焼きたてのパンと、金貨が3枚置かれているだけだった。

少年は暗い室内でもわかる金貨の光よりも、パンから漂う香ばしいニオイに我慢ができなくなり、それに手を伸ばすと貪《むさぼ》り食べた。金貨が転がってベッドから落ちてもそんなことは気にも留めずに。

その日の夜――帰宅した母親が見たものは、寝たきりだった息子が起き上がり、家の中を掃除している姿だった。驚きの声のあと、喜びのあまりすすり泣く母の声と、それを慰める少年の声は建て付けの悪い家の外にいても聞こえただろう――。

◇

流行病《はやりやまい》「黒腐病《こくふびょう》」を食い止められず傷ついていた教会の名声は、見事に回復した。

朝から各教会には患者の列ができ、彼らは最初こそ半信半疑だったものの、治療が終わるや笑顔で外へと出ていった。

教会で働く司祭や助祭、修道士、修道女は朝から晩まで働きづめで大変だったが、なにより重病の者を率先して教皇が診《み》ているため、愚痴など出るはずがない。

むしろ、「呪蝕ノ秘毒」によって苦しんだ皇都を立て直す道を、教皇とともに歩んでいるのだと思えば誇らしいのだった――彼らは、先代教皇こそが毒を撒《ま》いた張本人だとは知らないからだ。

教皇ルヴァインのしたたかなのは、供を10人に限定されても積み荷をかなり多めに持ってきたところであり、その多くに金貨を詰め込んでいた。

流行病《はやりやまい》によって経済が滞った皇都に、今ようやく物流が戻り始めたところなので、ここで物を言うのはなんといっても金貨。しかも皇国金貨ではなく教会発行の聖金貨ともなれば、皇国以外でも使えるために断然強い。

ルヴァインは物資をかき集め、それを教会に配ることで将来への不安を払拭《ふっしょく》した。

「今こそ、この困難なときをともに乗り越えるのです」

もっともらしい顔で言えば、司祭たちが従わないわけがなかった。

皇国民は皇帝に対して深い敬意を抱いているが、その下にいる貴族や国家機関、軍隊に対しては、また違った思いを持っている。

国民はこう思うのだ――「あの流行病じゃ貴族はなんの役にも立たなかったが、教会はどうだ。すばらしいじゃないか」と。

「ふざけるなァッ!!」

握りこぶしをテーブルに叩《たた》きつけたのは皇都長官だ。

国家機関のそれぞれトップに君臨する貴族たちが集まる会合「大臣会」が開かれており、たった今、皇都内での国民動向について報告があったところだ。

いわく。

――国民は教会を信用し、我ら国家機関に不信感を抱き始めている、と。

「自分らで毒を撒《ま》いておいて、それを知らぬ顔で無償治療などと……！」

長官はつるりと頭の禿《は》げ上がった男で、新興貴族だった。自分の手柄になるかどうかというものへの嗅覚が非常に敏感な男だ。

「薬物『夢幻蝶』のことで頭が痛いというこの時期に……さらには『彷徨の聖女』までもが協力しているだと!?　あの者は『呪蝕ノ秘毒』のときに我らを助けたではないか！　なぜこんなことになっている！」

「長官の怒りももっともだが、皇帝陛下はこの件について重大な懸念をお持ちだ。これだけ民のために尽くしている教皇を国がないがしろにしているとわかれば、民の不信感に拍車をかけるのではないかと」

「なにっ!?」

「国賓《こくひん》待遇で迎え入れてはどうか、と……」

そう言ったのは、皇帝が住まう皇宮管理を任されている貴族で、この場では唯一のマンノームだった。ここには貴族ばかりが10人ほどいるだけで、皇帝はいない。あくまでも実務を論ずる場だという認識だった。

「バカなことを言うな！　盗人《ぬすっと》に追銭《おいせん》をくれてやるようなものではないか！　恥を知れ！」

「……言葉が過ぎるぞ、長官。皇帝陛下のご提案に」

反応したのは宰相《さいしょう》だ。

「陛下に言ったのではない！　貴殿だ！」

「ワシにか？」

「そうとも……すべて教会の仕業であると貴殿がさっさと国民に伝えれば、こんなことにはならなかった」

毒を撒《ま》いたのが教会であるとわかってから、このことを広く国民に流布《るふ》すべきだという意見が貴族の間からは出たのだが、それを止めたのは他ならぬ宰相《さいしょう》だった。

結局「呪蝕ノ秘毒」による災禍は、いまだ皇国民にとって「流行病《はやりやまい》だった」という認識だ。

「それはあまりにも大局を見ていない」

「なにっ!?」

「あの状態で教会を敵視することになってみたまえ。皇都内の医療に関する大半を担う教会が機能しなくなり、『呪蝕ノ秘毒』の次の災禍になっていたぞ」

「ぐぬ……」

「そろそろ外務卿《がいむきょう》の出番ではないか？」

「……ほっほっ」

でっぷりと太った外務卿はそれまで黙っていた。自分の手柄を吹聴することに定評のある外務卿にしては、珍しいことだった。

「確か、外務卿の管轄する組織に教皇は接近しておるのだろう？」

「それは……そうですな」

「これ以上無視はできなかろう。一度外務卿が相手をしてくだされ」

「………………」

「外務卿？」

宰相だけでなく、他の貴族たちも外務卿の様子がおかしいことに気づき始める。

「……そうですな。そのようにしましょう」

だが外務卿はただそれだけを言って、多くを語らなかった。

外務を所管する部署は、皇城内の「外務邸」とも呼ばれる建物に集まっていた。その主《あるじ》は当然外務卿で、彼はこの建物に入ると大声を上げた。

「ビオスに関する最新情報を持ってきなさい！」

「は、はいっ」

気の弱そうな文官たちがあわてて資料をかき集めて、外務卿の執務室へと持ってきた。執務室とはいってもゆったりとしたソファと、なぜか寝台が置かれたホテルのような一室なのだが。

「で、連中には会ったのだな？」

ソファに巨体を沈み込ませながら外務卿はたずねる。ほんとうは女をはべらせて、肩でも揉《も》ませたいのだが、贅沢《ぜいたく》による心の緩みを厳に戒《いまし》める皇帝がいるので、そんなことはできない。お楽しみは自分の屋敷に帰ってからだ。

「は、はい、本日の朝いちばんで聖ビオス教導国の教皇に会ってきました」

渉外調査局の局長は、青い顔をしたネズミのような男だった。

「ちゃんとこの私が会うと言ったのだな？　予定はいつになった。明日か？」

「そ、それがそのぅ……」

先日はこちらが下っ端の文官に会わせてやったというのに、今度はこちらからルヴァインのいる屋敷へ出向いた形だ。

すでに立場は逆転しているのである——それくらい、教会の失地回復は劇的だったと言っていい。

「教皇が言うには、あくまでも国のトップとしてやってきたのだから、陛下に会わせていただきたいということでした……」

「……おい」

「ヒッ」

厚いまぶたの下、ぎょろりとにらんできた目に局長が怯《ひる》む。

「この私を無視すると、そう言ったとォ!?」

「は、はいぃ」

ぎぎぎぎ、と固いものがこすれる音がした。外務卿《がいむきょう》の歯ぎしりだった。

「し、しかしですね、連中もこちらが怖いと見えまして……『彷徨の聖女』については我が国に差し出すと言っていました」

「……なんだと？」

思いがけぬ収穫だった。「彷徨の聖女」は皇国内でも人気が高く、老若男女、分け隔てなく治療に当たった仮面の聖女として知られている。

彼女が手に入るのなら悪くない――外務卿の機嫌は急回復する。

「ほっほっ……そういうことは早く言え。私の手元に置いておいて、切り札にするのも悪くないな……仮面の下はどんな女だ？　顔がよければ愛人にしてやるのもいい。ほんとうに我が国に差し出すと言ったのだな？」

ゲスな思惑に唇をゆがめていると、ホッとした局長が続けた。

「はい、すばらしいお考えかと思います。教皇は『彷徨の聖女』フラワーフェイスを皇国の教会に所属させると言っていました」

「……おい」

「はい」

「バカかお前はァッ!!」

「ひぃぁっ!?」

投げつけられた書類が局長の顔面に当たり、たいした衝撃でもないはずなのに、局長は泡を吹いてひっくり返った。

「教会に所属させるということは結局は教皇の配下にしておくということだろうが！　バカめが！　今までとまったく変わらんだろうが！」

大声を出した外務卿《がいむきょう》は、立ち上がってぜえぜえと荒く息を吐く。

教皇ルヴァインがなにひとつ譲る気はないことが、これではっきりした。

「連中め……このようなことをした代償は高くつくぞ……」

ソファに改めて身を沈めた外務卿は、ぎりぎりと再度歯ぎしりしたのだった。

◇

皇帝との面会が3日後に決まると、屋敷にいたテンプル騎士も神殿兵も、所属を問わず手を取り合って喜んだ。彼らもまたルヴァインとともに日々皇国民の治療に当たっており、魔法ができなくとも人手は必要なので、全員が全員働きづめだったのだ。

「では以前のように、供は3人ほど連れて行きましょう。その間は皆さん、引き続き治療に当たってください」

ルヴァインがにこやかに言うと、騎士たちはしんと静まり、その後「誰がお供となって皇城へ行くか」を巡ってのバトルが始まったのである。教皇のお供はそれだけで名誉なことではあったが、それ以上に朝から晩までの無償治療は重労働で、これを回避できるのならば――と10人全員が思ったのも仕方がないことだろう。

テンプル騎士も神殿兵もない争いを横目で見つつ、ルヴァインは自分の部屋へと戻った。夜は更けており、今日も今日とて多くの人たちを癒《い》やして疲労困憊《ひろうこんぱい》だ。

「……あなたの『策』のとおりになりましたよ、シルバーフェイス」

ルヴァインが戻るよりも先に部屋にいたのは、仮面の少年だった。

「思ったより早かったな。皇帝は決断力があると見える」

「私としては皇帝の行動まで読んだあなたが怖いですよ」

「よく言うよ。おれが言わなくともアンタなら少ししたら気づいただろう。おれはたまたまフラワーフェイスから皇都での以前の治療状況を聞いていて、思いついただけさ」

「それで……シルバーフェイスも皇帝との謁見《えっけん》に同席してくれるでしょう？」

「は？　イヤだよ。それに――ちょっとやらなきゃいけないこともある」

「……やらねばならぬこととは、『夢幻蝶』のことですか」

ルヴァインが口にした「夢幻蝶」という言葉は、ヒカルも知っていた。

それは、最近皇都に流行し始めた薬物で、その粉末を飲むと多幸感と幻覚を与えてくれるという、ある種の麻薬だった。

「呪蝕ノ秘毒」によって絶望が広がった皇都に、染み入るように入り込んできたのがこの手の薬物だ。

中でもこの「夢幻蝶」がいちばん普及しているようで、教会に運ばれてくる治療希望者の中には、「夢幻蝶」によってまともに生活できなくなった者もいた。

「いや、そういうのは国の仕事だろ。おれがやるべきことは、おれたちに関わることさ

——それじゃあな」

ヒカルは言うと、ルヴァインの前から姿を消した。

「…………」

ルヴァインは、ヒカルのいなくなった場所をしばらく見つめてから——誰にも聞こえないほどの声でつぶやいた。

「……やはり、このままにしておくには惜しい人材ですね」

と。

第32章　皇帝がほんとうに必要としているもの

クインブランド皇国皇帝カグライと、聖ビオス教導国教皇ルヴァインとの交渉が始まった。

ふたりは謁見《えっけん》の間《ま》で会い、お互い最小の人数の供を従えてその席に着いた。

どちらかを「上」とするのではなくともに「対等」であるというやり方に、ルヴァインは内心で驚き、一方で「油断ならない」とも感じた。

カグライは見た目こそ少年のように小さいものの、マンノームである以上、実年齢はルヴァインよりも相当上だろう。ルヴァインは大司祭としてのキャリアも短ければ、ビオス内での政治はもちろん、外交にもほとんど関与したことがない。

（であれば、やれることはひとつ）

すでにルヴァインの腹は決まっていた。

（こちらの望みをストレートに要求すること……）

ルヴァインは滔々《とうとう》と語った。

聖ビオス教導国は先代教皇から自分へと代替わりし、今、大きく変わろうとしている。

「呪蝕ノ秘毒」については不幸な行き違いであり賠償を行う用意がある。

ソウルカードの製造については教会が門外不出の技術としてきたけれど、さりとて法外な金額で売ってきたわけではない。むしろ相応の金額で、各国に行き渡るようにしているので、皇国以外ではこれまでどおり教会の専売とさせてもらいたい。

そして——ソウルカードの発明者であるフナイの名を、彼の種族がマンノームであることとともに世界中に知らしめたいと。

「………！」

そのとき初めてカグライの表情が動いた。それまでは精巧な置物のようにしか見えなかったカグライが、目を細めたのだ。

ルヴァインが望むのは、クインブランド皇国軍の撤退だ。そして不戦協定の締結。

ここまで話し終えると、さほど広くない謁見《えっけん》の間《ま》は、しばし沈黙した。

いくつもの縦長の窓がスリットのように壁にはめ込まれ、そこから明るい日が差し込んでいる。日差しの一端がテーブルにかかり、凹凸《おうとつ》模様を作っていた。

ルヴァインとカグライとは5メートルほどのテーブルを挟んで向かい合っている。ふたりの3人ずつの供も、それぞれ横に並んで座っている。

テンプル騎士ひとりと神殿兵がふたりというルヴァインの供に対し、カグライの側の供は宰相《さいしょう》、外務卿《がいむきょう》、皇宮責任者のマンノームだ。宰相はなにを考えているのかわからない男で、外務卿は最初から苛立《いらだ》ちを隠そうともせず、マンノームは常にカグライの機嫌だけを窺《うかが》っていた。

「ふむ……」

話を聞いてカグライが発した言葉はそれだけだった。すると外務卿が、

「ずいぶんとそちらに都合のいい内容ですな。それが通るのであれば、どんな人殺しも罪が暴かれたあとに謝り、慰謝料を払えば済むことになってしまう」

「外務卿」

宰相がたしなめたが、外務卿は「フン」と鼻を鳴らした。彼は自分の用意したプランがすべて使い物にならなくなり、こうして準備不足のまま皇帝が協議の場に出てきたことが我慢ならないらしい。

「……確かにおっしゃるとおりでしょう。先代教皇や大司祭たちが犯した罪を償うために我らも尽力しております。ですが、皇国軍を進めればビオスの無辜《むこ》の民もまた犠牲になります」

ルヴァインが言うと、

「ほっ！　毒で殺された皇国民に罪があったとでも言いたいのですかな？　大体、先代教皇のことを悪し様《ざま》に言っておられるが、ルヴァイン殿、あなたは先代が毒をばらまいていたときに、いったいなにをしておられたのですか」

「これ、止《よ》さぬか。外務卿」

宰相《さいしょう》では制止が効かぬとなると、カグライが口を開いた。さすがの外務卿《がいむきょう》も皇帝が相手となると焦ったようだ。

「し、しかし陛下……この者が言うことはあまりにも身勝手で……」

「それをすりあわせ、落としどころを見つけるためにこうしてわざわざ来られたのであろ。いまだ混乱が収まらぬ我が皇都に、ほぼ単身と言っていいほどの人員でいらしたルヴァイン教皇である。命の危険は相応にあることをわかった上で、来られたのだ。その覚悟を考えるに、ルヴァイン教皇とはきちんと話し合いたい」

「……はっ」

苦々しい顔で外務卿は下がり、ルヴァインは深々と頭を下げた。

「しかし、である。教皇、この外務卿の言うことももっともであろ。皇都は、特に軍部は怒りに包まれておる。聖都アギアポールにもアインビスト軍が迫っていると聞くが、もし彼らが聖都に入り、殺戮《さつりく》をほしいままにしたら、教皇は怒りを抑えられるかえ？」

「……おっしゃる意味はわかっています。私の命ひとつで停戦協定が成るのであればすぐにも自死しますが、カグライ陛下のお望みはそういうことではありますまい」

「左様」

うなずいたカグライは少し考えるようにした。

「余は、これ以上、皇国の民が傷つくところを見たくない。しかし怒れる者は多い。せめて民の上に立つ者どもの憤《いきどお》りを鎮《しず》めるくらいはしていただきたい」

「つまり……貴族の方々と面会し、我が国との停戦について納得してもらえるよう説得せよ、と仰せですか」

　カグライはうなずいた。

「説得は余ではなく、ルヴァイン教皇の仕事であろ。それさえできれば、すぐにも停戦協定を結ぼう」

◇

　その日からというもの、ルヴァインは各貴族に面会のアポイントを取り付け始めた。しかし皇国の貴族はおよそ200人おり、そのすべてに会うだけでもすさまじく時間がかかり——1日に会えるのも、がんばって3人か4人がせいぜい。さらには「教皇」の名を聞くだけで拒否する者もあり「貴族の説得」が難航することは明らかだった。

（苦労してるなー……）

　とはいえ、これぱかりはルヴァインもシルバーフェイスになにかをしてもらおうとは思っていないようで、夜は自ら筆を執って手紙をしたため、日中は精力的に貴族の屋敷へと出かけていった。

一方のヒカルはと言えば、ポーラによる「彷徨の聖女」活動を助けていて、今日も教会に通うことすらできない人々の治療に同行していた。

ポーラには魔法を使うことに集中してもらい、ラヴィアはポーラのサポート、そしてヒカルはトラブルがあったときの対応だ。

事前に警戒していたほどのトラブルはこれまで起きなかったが、今日ばかりは違った。

今日の患者はスラムの男娼《だんしょう》で、彼は金持ちの男を金づるにしていたのだが——数日前に「プ・レ・イ」の前に服まされた薬が「夢幻蝶」だったらしい。プレイ中はまだよかったのだが、その後の中毒症状がすさまじく悪く、昏睡《こんすい》状態に陥っていた。

「こいつを助けてやってくれないか……頭は悪いけど根はいい子なんだよ……」

同居している姉が、眠ったまま目覚めない弟の横で泣き崩れている。すでに「彷徨の聖女」のウワサは耳にしていたようで、治療に入るまでは早かった。

「……どう、問題なさそう？」

「……ちょっとわかりませんね。今までの患者さんとは違うので……やってみます」

これまでにも「夢幻蝶」を摂取した患者はいたが、軽い酩酊《めいてい》や吐き気程度の、いわば「二日酔い」くらいの治療だったから問題はなかった。これほど重い症状は初めてだ。

「…………」

そのときヒカルは、この建物を取り囲む人間たちに「魔力探知」で気づく。しかし昏睡状態の弟を心配する女に、怪しいそぶりはない――となると誰がよこした連中だ？

「……スターフェイス、ここ、任せていい？」

「ん」

ラヴィアがうなずいたのを確認し、ヒカルは外へ出た。そこは人気《ひとけ》のない通りで、建物は表通りと裏通りに面していて、左右の建物とはぴったりとくっついていて出入りはできない。

空には三日月が懸かっていて、路地裏を冷たく照らし出していた。

（左右にひとりずつ、屋上にひとり、そして裏口にひとりか）

物陰に潜むくせ者は、ヒカルが出てきたことに気づいて息を潜める。ヒカルの立ち位置からはまったく見えないところにいるが――ヒカルの「魔力探知」にはバレバレだった。

ヒカルはくるりときびすを返し、玄関に入るフリをして「隠密《おんみつ》」を発動させる。距離は10メートル以上あり、ゆっくりと扉が閉まれば、彼らはヒカルが建物内に引き返したとしか思わないだろう。実際扉が閉じられると、緊張が緩んだのか、潜んでいるひとりが欠伸《あくび》をした。

「――張り込み中に欠伸とは恐れ入る」

「!?」

短刀の柄をつかんで後頭部に振り下ろす。鈍い手応えとともに、その男は倒れ伏した。

（ふー……死んでない。死んでないよな？　よし……）

マントのフードをかぶっている男の脈を確認する。先に声を掛けておかないと「隠密《おんみつ》」に「暗殺」のコンボで殺してしまいかねないのだ。

ヒカルは反対側に潜んでいる男も同じように気絶させ、屋上と裏口のふたりはとりあえず無視することにした。

隠れていた男をひっくり返す。無精ひげに、ボサボサの髪。年齢は30代だろうか。体つきはがっしりしていて持ち物はショートソード、ロープ、それに投げナイフ。瓶に入った液体のニオイを嗅ぐと、つんとした刺激臭――毒、だろうか。フタをして地面に転がしておき、投げナイフを1本拝借する。

さらに探ると冒険者ギルドのギルドカードが出てきた。冒険者ランクはDで、名前は「ガルス」とある。ソウルボードを出して確認すると、確かにこの男は「ガルス」で間違いない――ちなみにソウルボードのポイントは、たいしたことはなかった。

（くすぶった冒険者崩れのごろつき……ってところか？）

もうひとりのほうも確認すると、名前が「ディッキー」という以外は「ガルス」とほとんど同じだった。気になったのは「加護」の設定が【広域屋外悪党神：ジェネラルローグ】となっていたことで、夜間の行動や犯罪行為の際に役立つようなものをつけていたくらいだ。

「——おい、グル。グル。返事しろ。おーい」

間の抜けた声が屋上から聞こえてくる。どうやら仲間に声を掛けているらしい——。

「なんだ？　グルのヤツ、寝てるのか？」

「——ああ、ぐっすり寝てるぜ、『ガルス』はな」

「⁉」

ヒカルは隣の建物の外階段から屋根に移り、男の背後に迫っていた。

「動くな」

その鼻先に突きつけた投げナイフの先には、ヌラリとした液体が付着している。

「毒を塗ってある。動いた瞬間お前の身体に傷を付け、毒を味わわせてやるからな」

「そ、そんな脅しに屈したりはしねえ……」

「だが『ガルス』も『ディッキー』も屈したぞ」

「っ……！」

屋上の男は怯《ひる》んだようだった。

「こ、殺したのか……？」

「……殺してはいない。だがこのまま放っておいたらどうなるかな」

「てめえ！」

「大きな声を出すな。おれの手が滑ってお前に傷をつけてしまうかもしれない」

「ひっ」

男はすっかり戦意喪失したようだった。

（……素人《しろうと》だな。こういう荒事《あらごと》にまったく慣れていない）

この程度なら放置しておいてもよかったのだが、ヒカルがここまでやってきたのにはわけがある。

「言え。依頼人は誰だ？」

「…………」

「『彷徨の聖女』をさらってこいと命じられたな？」

「そっ……。…………」

「だんまりか。だがお前たちが死んだところで外務卿《がいむきょう》はなんとも思わないぞ？」

「!?　お前、全部知ってたのか!?」

やはり外務卿かとヒカルは思った。カマをかけただけでこんなに簡単に吐くとは。

「き、聞いてくれ。直接依頼されたわけじゃねえけど、俺らに話を持ってきたキンガっていう男爵はポッと出の野郎でよ、しきりに『外務卿が』って言うんだ。だから……俺らも外務卿がバックにいるんだとにらんでたんだが……」

「そこまでわかれば十分だ」

ヒカルは「魔力探知」で、治療を終えたらしいポーラとラヴィアが玄関付近にいるのを感じ取っていた。

「えいっ」

「は？」

ぷつり、と投げナイフの切っ先が男の鼻に突き刺さる。

「すまない、手が滑った」

「あああああああああ!?」

「じゃあ」

ヒカルは屋根からひらりと身を宙に浮かせると、隣の外階段を蹴って、地面に着地した。じいんと足が痛かったけれど、これくらいの軽業《かるわざ》がこなせるようになった自分に満足している。

「——ああああああああ——」

屋上では男が叫んでいるけれど、刃に塗った毒というのはもちろんウソで、塗ってあったのは傷薬だった。だけれど男たちは自身が毒を持ち歩いているのだから、ヒカルに「塗っている」と言われて信じてしまったのだろう。

「——ヒカル？」

「ああ、大丈夫。問題ない」

ヒカルはすでに「ガルス」と「ディッキー」というふたりのギルドカードを回収している。

ポーラとラヴィアの手を左右の手でつかんで「集団遮断」を発動した。

「それで……ポーラの治療はどうだった？　成功したみたいだけど」

すでに「魔力探知」で、昏睡《こんすい》状態だった男娼《だんしょう》が起き上がったのをヒカルは感じ取っていた。

「それが……成功はしたんですが、結構厄介でした」

「詳しく教えて」

「『夢幻蝶』はただの薬物ではなくて、かなり複雑な毒が含まれていたみたいで……単純な回復魔法だけでなく、毒消しの魔法との併用、それに『魔力正常化』に関する魔法が必要だったんです」

「『魔力正常化』……？」

「体内を流れる魔力が異常をきたして、あの方は昏睡状態に陥ってしまったようです」

「これまでの患者はそんなことなかったよね」

「使った『夢幻蝶』の『純度』の問題かもしれません」

目を覚ました男娼に聞いたところ、彼が服用した「夢幻蝶」は持ち主の金持ち曰《いわ》く「これが本物」で、「町に出回っているのは、薄めたまがい物」なのだとか。

「……なるほど。でもどうして金持ちのほうは無事なんだろう」

「症状が昏睡ではなく、違う方向に出ている、とか……あるいは魔力量の多い少ないも影響があるかも。ごめんなさい、詳しくはわかりません」

「いや、十分な情報は得られているから大丈夫。今後も『夢幻蝶』の患者が出るかもしれないね……」

「はい……」

　3人は夜道を進んでいく。

「——ヒカル、こっちは教皇聖下のいるお屋敷の方角じゃないけど」

　ラヴィアは途中で気づいたようだった。ヒカルはうなずく。

「ポーラが狙われてる」

「え……？」

「だからあっちのお屋敷じゃなく、宿を取ろう。冒険者ヒカル、ラヴィア、ポーラとして」

　敵である外務卿《がいむきょう》は、フラワーフェイスの宿泊場所をとっくに把握しているはずだ。これまで手を出してこなかったのはテンプル騎士や神殿兵がいるからだ。

　もちろんあそこはあそこで安全だが、居場所を知られているのは不安でもある。送り込んだ冒険者が返り討ちに遭ったことも明日には伝わるだろうし、そうなれば強硬手段を取ってくるかもしれない。

　ならば、先に行方をくらましてやる——それがヒカルの考えだった。

（……外務卿、こっちに手を出してタダで済むと思うなよ）

　ヒカルは内心、頭に来ていた。

来たくもないクインブランド皇国までやってきて、自分と関係のない国同士の停戦のお手伝いだ。それだけでも面倒なのに今度は仲間のポーラが狙われた――。

（鬱憤《うっぷん》を晴らすにはちょうどいい相手かも）

仮面の裏で「ふっふっふっ」と笑う。

「ヒカルがまた悪いこと考えてる。もっとやっていいよ」

「ヒカル様のなすことは常に正しいです」

右と左から真逆のような、同じであるような言葉が聞こえてきた。

別に宿をとったことについて連絡を入れると、ルヴァインはそれだけでなにかを察したのか「あなたにも迷惑をかけますね」と言った。まったくだ、とヒカルは思うものの、ルヴァインも必死なのでそれ以上はなにも言えない。ルヴァインはせきたてられるように貴族との面会のために屋敷を出て行った。

その日の夜――「彷徨の聖女」活動は1日休みとして、ヒカルはひとりで出かけた。

（へえー……ビオスの「塔」に比べたらザル警備もいいところだなあ）

向かったのは皇城だった。

城というのは、当たり前のことだけれど大きいので、警備の死角ができやすい。聖ビオス教導国の先代教皇は、そのあたりをふまえて「病的」なまでに気配りをしていたということなのだろう。

ヒカルは、皇城には「隠密《おんみつ》」を使わなくとも入れそうなほどだった。

お目当ての部屋を探り当てるのには、さほど時間もかからなかった。皇城の中にある皇宮、そのいちばん奥に——もちろん警備は厳しくなっていたがトラップがあるわけでもないので「隠密」を使えばヒカルにはフリーパスみたいなものだ——皇帝カグライの私室があった。

夜の1時を過ぎた皇宮内はしんと静まり返っていたが、カグライの部屋の魔導ランプには明かりが点《とも》っていた。書き物をしているらしい彼は、皇帝とは思えないほどに小さく、幼く見えた。

「アンタがカグライか？」

「！」

わざと高圧的に響くように言って、「隠密」を解いたヒカルは部屋にあったイスに腰を下ろした。テーブルは見たことのない木材でできていて、木目には虹色の光がちらちらと浮かんでいる。魔力を帯びているようだ。

驚いて振り返ったカグライだったが、大きな声を上げることもなくじっとヒカルを見つめた——その瞳に浮かんでいる感情はなんだろう。

（怒りでも、恐れでも、不安でもなく……興味、好奇心、といったところか。すごいな、

不審者が夜中に入ってきたというのに、そんな反応なんて）

銀の仮面の中で感心していると、カグライはゆっくりと歩いてきてヒカルの向かいに座った。流れるような光沢を持ったガウンに包まれたカグライの姿は、疑いなく高貴な人物であることを示している。

「……一度会ってみたかったのだ、シルバーフェイスとは」

「おれを知っていてくれたとは、光栄だよ」

「ウンケンが手紙に書いていてくれていてな」

「…………」

反応に困るところだった。シルバーフェイスとしてウンケンとも接してきたし、彼がカグライと同じマンノームで、さらに皇国で働いていたことも知っているけれど、まさか皇帝に直接連絡を取れるような立場だったとは思わなかった。

（たかがポーンドの「冒険者ギルドマスター風情《ふぜい》」がねぇ……そういえば、フレアさんが言っていたっけ）

ギルドの受付嬢、フレアの言葉を思い出す。

――ウンケンさんの部屋に書類を届けたことがあったんですけど、机に古い文書が載っていたんです。それは……国王陛下からの感謝状でした。

彼女は、ウンケンが皇国の先代皇帝バルザードを暗殺したのではないかと考えているようだった。

「……皇帝バルザードを殺したことが、アンタの中で高い評価につながったのかな？」

ウンケンはクインブランド皇国の諜報部《ちょうほうぶ》で働いていたらしい。だがその後、ポーンソニア王国に流れてきて、冒険者ギルドのマスターに収まった。王国内部に潜入している諜報員というわけではないようで、王国のためにせっせと働いている。

謎の多い人物だった。

皇帝カグライからなにか情報を引き出せるか、とそこまで深く考えたことではなかったのだが、カグライはこともなげに言った。

「バルザードは余の叔父上《おじうえ》ぞ。しかし、お年を召してからはポーンソニアが我らが皇国を滅ぼしにやってくるという妄想にとりつかれるようになってな、誰かが止める必要があったのだえ」

「……そうか」

同じマンノームであることは知っていたが、まさか叔父に当たるとは思わなかった。カグライがバルザードの「暗殺」をウンケンに命じたのかもしれない——それならウンケンの経歴もしっくりくる。

カグライの期待に応えたウンケンだが、さすがに皇帝殺しという大罪を犯してその国に居続けることができなくなった——。

（だけどそれを、平然と話すのか……たとえ半世紀も前のことだとしても）

見た目は若いがマンノームのカグライは結構な年齢のはずだ。ヒカルはソウルボードを確認してみる。

【ソウルボード】カグライ＝ギィ＝クインブランド　年齢72／位階38／4

【生命力】

【自然回復力】1／【スタミナ】3／【知覚鋭敏】—【嗅覚】2

【魔力】

【魔力量】4／【精霊適性】—【風】2

【筋力】

【筋力量】3／【武装習熟】—【剣】3

【敏捷性《びんしょうせい》】

【瞬発力】1

【器用さ】

【器用さ】3／【道具習熟】—【楽器】2

【精神力】

【心の強さ】8／【カリスマ性】5—【英雄性向】1／【魅力】2

【直感】
【直感】2／【ひらめき】―【音楽】2―【天稟《てんぴん》】1／【記憶力】1

なんかすごいソウルボードだった。

（武器も使えて魔法もできて、音楽の才能持ちでカリスマもある？）

皇帝という仕事はこんなにいろんなことができないと務まらないのか、と驚きを通り越して呆《あき》れてしまうヒカルである。「英雄性向」や「天稟」のスキルは初めて見た。

「なにをじろじろ見ておる」

「いや……アンタ、戦争で先陣をきってもおかしくないタイプだろ、と思ってな」

「フッ。余にさようなことを言うたのは、マンノームの里を出て以来、そなたが初めてぞ」

「人は見た目じゃないいな」

「まったくよ。余はマンノームゆえ、見た目以上に……そうさな、そなたよりもずいぶんと長い時を生きている。それに余の里では一定以上の戦闘力を身につけることが重要とされており、ずいぶんと修行を積んだものよ」

マンノームの里怖い、とヒカルは思った。ウンケンの話だと閉鎖的な小さい村、みたいな感じだったのに。

「して……シルバーフェイスよ、余になにか用があって来たのであろ」

先代皇帝の話は、さすがのカグライもあまりしたくないのか、早々に切り上げてしまった。

「ああ、そうだった」

ヒカルは懐から出したギルドカードを2枚、テーブルを滑らせてカグライの前へと放った。「ガルス」と「ディッキー」のものだ。

「……これは？　冒険者ギルドカード？」

「アンタんとこの外務卿《がいむきょう》がお仲間のキンガ男爵に命じて、おれの大切な仲間である『彷徨の聖女』フラワーフェイスを拉致《らち》しようとしてな。いったいこの国はどうなってるのか、トップであるアンタに話を聞きに来たんだ」

「………………」

じっ、とギルドカードをカグライは見つめる。その端正な表情の裏側には、「皇帝」として長年を過ごしてきた狡猾《こうかつ》さがあることだろう。

（さあ、なんと言う？　しらばっくれるか？　それとも開き直るか？）

するとカグライは、小さく息を吐いた。

「……外務卿にはその地位を降りてもらおう。今できる範囲で最大の罰ぞ。これで納得してもらえぬか？」

「驚いたな……おれの言ったことを鵜呑《うの》みにするのか」

「ここまで忍んで来られるそなたが、ウソをつく意味などなかろ。ここで余が外務卿の関与を否定したとしても、そなたは個人的な恨みを個人的に晴らすことができる」

「おれが外務卿を殺すと？」

「……『右手で盗んだ者は右手を斬《き》り落とし、左足で禁足地に踏み込んだ者は左足を斬り落とす』という言葉がマンノームの里にはあってな。これは禁じられたことを破った場合の戒《いまし》めの意味もあるが、一方で、『罪には同じ苦痛を味わわせる』という意味もある」

「そうか。おれが外務卿の大切な人、あるいはものを盗ってもよいと」

「よいとは言っておらぬ。ゆえに、地位の降格で許してくれぬかと話しておる」

「……それは外務卿が大切にしているものなんだな？」

ゆっくりとカグライはうなずいた。

肯定するからにはそうなのだろう、と思わせる威厳があった。そして形だけ降格させて実質的には外務卿として働かせる……といったセコいこともカグライはやらないだろう。

信じても良さそうだ。

「わかった、それでいい。おれたちの安全を保証してくれればなおいいがな」

「そなたたちには深く感謝しておる。ゆえに、その希望には沿おう」

「フラワーフェイスが『呪蝕ノ秘毒』を癒《い》やしたからか」

「左様。無論、教会の仲間としてやってきたそなたたちを見て、『フラワーフェイスが最初から治療の仕方を知っていたのは怪しい』と言う者もあったがの」

ポーラがマッチポンプを仕掛けたと言いたいのか――。

「確かに、そう見られてもおかしくはない……だが、命を懸けてこの国にやってきたフラワーフェイスにそんな言葉を向けられるのは、さすがに腹が立つ」

「うむ。ゆえに余も、さようなことを二度と言うなと命じた。フラワーフェイスが自己の利益をまったく求めなかったことはその後、すぐに姿を消したことからもわかっているし、また『破縛の解毒《ブレイクスペルアンチドーテ》』の魔法を伝授してくれたこともそうであろ」

「ひとり、使えたヤツがいたんだったな」

カグライはうなずいた。高齢の聖職者で「回復魔法」6に到達している人がいたのだ。

「おかげで、余や、多くの貴族が救われた……」

「国民を放置して、アンタたちを優先したんだな」

「…………」

「いや、すまない。別にそれが悪いとは思わない。為政者《いせいしゃ》が倒れたら混乱はもっと深まっていただろうし、治療には優先順位をつけなければいけないときがある」

皮肉っぽく言い過ぎたな、と付け加えてヒカルは反省した。少々、気が立っている自分を恥じた。カグライは小さく笑った。

「そなたは、存外優しいな」

「聖女様と行動をともにする程度にはな」

「ふふふ。……そなたらには、皇国に毒の特効薬をもたらしたことで褒賞《ほうしょう》を出したいと思っておる」

「ん？　それは諜報部《ちょうほうぶ》の手柄だろ？」

「表向きは諜報部の手柄としたが、真実はそなたのおかげであったことは、余だけはわかっておる。とはいえ、ウンケンの手紙がなければ余もわからなかったがな」

「そうか――だが、それは遠慮しよう。いや、金だけくれればいい。金は役に立つからな」

「ほう、目立つのはイヤか？」

「目立つのが好きなら昼間に堂々と来るさ」

「違いない」

カグライは立ち上がると、部屋の隅に行き、棚に置かれていた布袋を持ってきた。

「金貨が入っておる。たまに、メイドたちに褒美をやるためのものぞ」

テーブルに置かれたそれを受け取ると、ずっしりと重い。美しい鳥が刺繍《ししゅう》された布袋を持っていくと目立つので、自分の道具袋に移し替えた。

「これで貸し借りナシだな」

「……本来なら、この程度では、余の気が済まぬ。そなたらはとてつもない偉業をなしとげたというのに」

「それならルヴァインと停戦協定を結んでやってくれ」

「………」

するとカグライは思わせぶりに微笑《ほほえ》んだ。

(なんだ……これは？ なにが言いたい？)

そのとき廊下から足音が聞こえた。数人が真っ直ぐにこの部屋に近づいてくるのだ。

「余を寝かそうとする者たちぞ。シルバーフェイス、今日のところは帰ったほうがよかろ」

「……そのようだな」

「今夜は来てくれてよかった。また遊びに来ておくれ」

「アンタ、変わってるよ」

こんなふうな訪問を喜ばれるとは思わなかったし、また来いと言われるとは。

コン、コン、というノック音と、「陛下、そろそろお休みの時間です」という声。カグライがちらりとそちらを見た次の瞬間には——シルバーフェイスの姿は消えていた。まるで最初からそこにいなかったように。

「……ふふ、そなたも十分変わっているというのに」

中身がカラッポになった布袋を、カグライは手に取った。


ヒカルは帰る道すがら考えていた。

カグライの最後の「思わせぶりな微笑み」は一体なんなのか。あれがやけに気になるのだ——それはヒカルがランナと戦ったときに、「直感」のスキルレベルを上げたせいかもしれない。

(僕が「ルヴァインと停戦協定してほしい」と言ったあとのことだった……。カグライ皇帝は、停戦に対して後ろ向きではないってことだな。イヤだったらあんなふうに笑ったりはしないだろうし。……だけど「オーケー」と即答できないのは、彼がそう願っても、周囲に反対されるから……？)

実際、ルヴァインはカグライから「他の貴族を説得しろ」なんていうオーダーを受けている。

(でも貴族全員の説得なんて無理ゲーだよな……ふつう、それを聞いたら「皇帝は停戦する気がない」って思うよ。でも皇帝は内心前向き。このふたつは矛盾しているんだよなあ……って、あれ、待てよ？)

ふと気がつく。

(なにか裏道があるってことか？　全員を説得しなくてもいいような方法が……？)

カグライの他の言葉を思い返す。

先代皇帝バルザードのことはヒカルが持ち出したことだから関係ないだろうし、カグライはすぐにその話を切り上げた。となると、

(『右手で盗んだ者は右手を斬《き》り落とし、左足で禁足地に踏み込んだ者は左足を斬り落と

す』という言葉――)

その言葉が気に掛かる。あの場面でわざわざ言わずともよいことだ。

(『罪には同じ苦痛を味わわせる』っていう意味もあるって言ってたけど……)

暗い夜道で、ぴたり、とヒカルは足を止める。

(そうか。そういうことか)

皇帝の考えが、読めた。


ヒカルがいなくなったあとの皇宮は大騒ぎになっていた。カグライはなにごともなかったふうを装っていたが、完璧に、なにひとつ痕跡を残さず立ち去るというのは実はとても難しい。

ヒカルも十分に気をつけていたが、芝生を歩けば草が折れるし、シミひとつない廊下を歩けば――たとえそれが廊下の隅であったとしても――多少なりとも足跡が残る。それが、見つかったのだ。

「このことは陛下に伝えてはならぬぞ。伝われば、どうなるかわかっておるな?」

「こ、心得ております」

皇宮管理を任されているマンノームの貴族は部下にそう命じた。侵入者があり、しかもいまだ発見できていないとなれば、責任を追及されるのは自分だ。

「――そうだ。諜報部《ちょうほうぶ》を呼べ」

「諜報部、でございますか」

「侵入者があったとすればヤツらの責任でもあろう」

「それは――そうでございますね。すぐに連絡を入れます。……あ、しかし、『皇国《こうこく》の漆《しっ》黒刃《こくじん》』の再来とも言われるあの方は、今、密命を帯びて行動していると――」

「クツワか」

マンノームの貴族はその名を口にすると、渋面を作った。

「構うものか。いくら諜報部のエースが不在であったとしても、それで諜報部の責任が薄れるわけでもなし。早く呼んでこい」

「はっ」

部下はそそくさと退出していった。

「ふー……」

マンノームの貴族は、自分の失態を思うと冷や汗が止まらなかった。皇城の最奥である皇宮に、何者かが侵入した。その目的はわからず、足跡の痕跡がかすかに残っている程度。皇宮をすでに離脱しているのだろうとは思うけれど、いまだ潜まれていたらたまらないと、使用人総出で侵入者捜しをやっている。

あくまでも「これは訓練だ」と言って。

侵入者がいたという事実を知る者は少ない方がいいに決まっているし、皇帝に伝えるにしてもそのありがたくない役目は自分ではなく諜報部《ちょうほうぶ》にやらせたい。

「まったく、私が管理担当のときにこんな面倒なことが起きるとは……」

ブツブツ言いながらマンノームは、深夜にしては慌ただしい──「訓練」中の皇宮内を歩いていった。

◇

翌早朝──急いで朝食を取るルヴァインの前に現れたのは、眠そうな目をしたシルバーフェイスだった。人払いを頼み、ルヴァインとふたりきりになる。

「朝早く済まないな──飯を食いながらでいいぞ」

「どうしたのですか。また、フラワーフェイスさんが狙われたのですか？」

ヒカルは首を横に振って、ルヴァインのテーブルの向かいに座った。

「皇帝の狙いがわかった」

「……貴族全員の説得など意味がない。その裏になにか目的があるということでしょうか？」

「なんだよ。気づいていたのか？」

「確信があったわけではありません。聡明な皇帝陛下による無茶なオーダーにはなにか別の思惑があるのだろうとは思っていましたが……ただ手持ちの情報があまりにも足りなくて、考えを巡らせることもできませんでした」

ヒカルはうなずき、皇帝から聞いたマンノームの里の言い回しを伝えた。「目には目を、歯には歯を」によく似た、ハムラビ法典のような内容だ。

「それが……？」

なんでも見通しそうなルヴァインにしては珍しく、ピンとこないらしい。彼も彼で相当に疲れているのかもしれないなとヒカルは思う。

「……アンタは今、聖都アギアポールを空けている。こんな『貴族全員の説得』なんてことが続けばどうなる？」

「私がいなくなっても回るように調整してきました」

「違う。それは、アンタが死んだときのための備えだ」

「…………！」

そのとき初めてルヴァインはハッとした。

「皇帝陛下は、私を生かして帰すつもりだと言うのですね？　長期間、皇都に留め置いたあとに？」

「そのとき、アギアポールはどうなっているだろうな」

「……新たな教皇が擁立されている可能性が高いですね。ギルフォードたちが、私の長期不在をチャンスとして、見逃すはずがありません」

慈悲を与え、命までは取らなかったギルフォードたちは聖ビオス教導国内の、実家や自分たちの屋敷、あるいは彼らのシンパである有力者の元に身を潜めているはずだ。

ルヴァインがなかなか皇都から戻ってこないとなればどうするか。

「私が死んだというウワサでも流すでしょうね……次の教皇を誰にするかという議論に持ち込めば、ギルフォードが選ばれる可能性は十分にあります。彼の政敵であり金づるだった大司祭たちを排除したことが、彼にとってプラスに働きますから」

「命まで取らなかったのが仇《あだ》になったな」

「……その後は？」

「うん？」

「その後は、皇帝カグライはどうするつもりですか。シルバーフェイスは私の知らない情報を持っているのでしょう？　混乱するビオスを滅ぼすつもりですか」

やはりルヴァインは疲れているなとヒカルは思う。背もたれに身体を預け、半ば捨て鉢に言う彼は、いつもの切れ者ではない。

日中の貴族との面会で、なにを言われているのかヒカルは聞いたことがないのだけれど、付き添いのテンプル騎士や神殿兵たちの様子を見るに、散々コケにされているようだ。しかしそれをぐっとこらえ、次々に面会をこなしているのがルヴァインだ。

多少は、ヒカルも同情している。

「……おそらくだが、皇帝カグライはなにもしない」

「なにも……？」

「意外か？　だけど、先代教皇もカグライに同じようなことをしたじゃないか」

「あ――」

そこでようやくルヴァインは気がついたらしい。

「意趣返し……ですか」

先代教皇が大司祭を通じてこの皇都に毒をばらまかせ、皇帝カグライもまた罹患《りかん》した。カグライは毒に苦しみながら、この病を治す方法を探した――しかしそれは見つからず、手がかりもなにも得られないまま皇都内に毒は広がっていった。

カグライはそれと似たことをルヴァインに経験させている。

自分の力ではどうしようもないことを前に、苦しみもがくが、聖都アギアポールでは混乱が起きる――。

「……確かに、私が命を差し出すよりも厳しい罰ですね……」

死なせるだけでは手ぬるい。カグライだって、毒で皇国民がバタバタと死んでいく中、自分の命ならいくらでも捧げるから彼らを救ってほしいと願ったはずだ。

目には目を、歯には歯をとはこういうことだ。

「それでも、カグライは優しいほうさ。こうしてアンタに伝わるのをわかった上で、おれにヒントを与えたんだからな」

「ヒントを……いや、シルバーフェイスはやはり皇帝陛下に直接会ったのですか」

「そこにツッコミを入れるなよ」

「気にするなというほうが無理でしょう」

「まあ、いいや……。たぶんだけど、おれやフラワーフェイスは皇国民を助けたし、それにアンタは先代教皇その人じゃない。だからヒントをくれたんだろう」

「……私もまた罪人ではありますがね。先代教皇を目の前で止められなかった」

吐き出すように言われた一言は、ルヴァインにしては熱がこもっていた。それくらい彼の心もまた限界なのかもしれない。

「だけどアンタは最後に止めた。おれは知ってる」

「…………」

「命を懸けて教会を建て直すって決めたんだろ。立ち止まってる時間なんてないぞ」

「…………」

しばらく黙っていたルヴァインだったけれど、カップを手に取って、すでに湯気も立っていないお茶を口に含んだ。

「……ここで私の背中を突き飛ばすあたり、さすがはシルバーフェイスだと思います」

「それ、どう聞いても悪口だから」

「皇帝陛下からヒントをもらったシルバーフェイスはこれからどうしようというのです？　とりあえず私の、意味のない貴族詣でをやめさせますか？」

「いや、それは続けたほうがいいだろう。いきなりやめたら警戒する者が出てくる」

「警戒……？」

「カグライがなんの意味もなく、今やらせている嫌がらせの真相を伝えたとは思えない。なにかあるんだろう……貴族詣でにも、意味が」

「………」

するとルヴァインはあごに手を当てて考え込み、ハッとして卓上のベルを鳴らした。急ぎ足でテンプル騎士のひとりが入ってくると、

「すぐに、皇国貴族の名簿を！　これまでの面会記録も持ってきてください！」

「は、はい！」

ルヴァインにしては珍しい大きな声に、弾《はじ》かれたようにテンプル騎士は走っていく。

「……貴族の名簿と面会記録？」

「はい、そうです」

「どういうことだ？」

今度はヒカルがたずねる番だった。

「私が面会した貴族は、すでにいくつかのパターンに分かれています。ひとつ目は、『怒る』者。これは当然でしょう。ふたつ目は、『協力的』な者。教会と深いつながりのある貴族ですね。そして三つ目は……『自分の利益に貪欲《どんよく》』な者」

「自分の利益……こんな国の危機のさなかに？」

「ええ、ふつうの貴族ならばあり得ないことですが、危機のさなかであっても——いえ、危機だからこそ、これを好機としてのし上がろうとする者がいるのです」

廊下が騒がしい。テンプル騎士と神殿兵たちが多くの書類を抱えて戻ってきたのだろう。

「そういった者たちはきっと……カグライ皇帝にとっても目障りな存在なのでしょう。彼らをあぶり出し、追い出せるような不正の証拠でも手に入れれば、それは貴族全員を説得するよりも、はるかに実りのあることでしょうね」

◇

その日の夜から、ヒカルは次の行動を開始した。

ルヴァインが集めた情報を元に、裏のありそうな貴族を順に、独自に調べていくのだ。

ポーラとラヴィアは「彷徨の聖女」活動を再開する。また待ち伏せされないとは限らな

いので、訪れる場所を減らした。ポーラの「魂の位階」が低く、「隠密《おんみつ》」系スキルを持たせられないのが痛い。ヒカルがいないと「集団遮断」も使えないのだ。ふたりには「安全第一」だと言い聞かせた。

(——たいしたことはやってないな)

帳簿の改ざんで脱税をしたり、国の許可を得ずに新しい商売を始めたり、賄賂《わいろ》を贈って上級貴族に融通を利かせたり——そんな小悪党はいくらでもいたが、「これは」というものはいなかった。

調査活動開始から2日目、5軒目の貴族邸でも同じ結果だったことにヒカルは少々飽き飽きしてきた。

「くぁ……」

ここのところ完全に夜型生活になっているヒカルは、欠伸《あくび》をかみ殺しながら考える。

(このまましらみつぶしにやっていって、あと何日かかる？　10日？　20日？　次の「世界を渡る術」を実行する日になってしまうじゃないか)

日本に戻ったセリカと、それを追っていった「東方四星」のソリューズ、シュフィ、サーラの3人。不完全な「世界を渡る術」では、物質のやり取りはできても、人間は行くことしかできなかった。

その研究を進めることはセリカと約束したので、やらなければいけないし、ヒカルとしてもやりたい。ヒカルがこちらの世界にやってくることになったきっかけである、ローランドの研究でもあるからだ。

（なるべく早めにケリをつけよう）

そこでヒカルが目をつけたのは、小悪党貴族たちが共通して連絡を取っている相手がいることだった。

その相手はドレッドという家名の伯爵である。「閣僚に最も近い大伯爵」なんて言われており、皇国貴族の中でも屈指の資産家であるらしい。

（金はあるけど、カグライ皇帝はドレッド伯爵に権力を与えていない。おそらく、こいつを主要なポストにつけたらとんでもないことをしそうだと思わせるものがあるんだろうな）

ヒカルはドレッド伯爵邸に忍び込むことにした。

すでに皇国貴族の情報をまとめた資料がルヴァインの手元にあり、ヒカルも自由に見せてもらえる。ドレッド伯爵の邸宅は皇城に面した土地にあり、他の貴族のそれと比べてもはるかに立派だった。

大きければ大きいほど隙ができるものだが、ドレッド伯爵は塀の外には常に兵士を巡回させ、塀の内側にもまた複数の監視ポイントを密かに置いていた——いくら精鋭を潜ませていたとしても、ヒカルの「魔力探知」にはバレバレだったけれど。

（それだけ隠したいものがあるってことか？）

しかしこの程度の警戒レベルでは、ヒカルの「隠密《おんみつ》」の前ではなきに等しい。ヒカルは細く丈夫なロープの先に6本のフックを取り付けた「鉤縄《かぎなわ》」を用意していた。塀の上部に引っかければすぐに内部へと侵入可能だ。

（なんか強盗グッズが増えてきたのが悲しい……いや、これは強盗じゃなく、忍者だ。忍者グッズだ）

日本にいたころの常識で考えれば、こんなものを持ち歩いていて警察の職務質問に遭ったら最悪の結末にしかならないのだけれど、「ここは異世界だから……！」と自分に言い聞かせて鉤縄を道具に加えた。

ここが皇都の中心部だとは思えないほどに庭は広く、美しく手入れされた芝生に、埋め込まれた魔導ランプが輝いていた。ヒカルは堂々とそこを歩いていくが、彼に気づく者はいない。

屋敷の内部も贅《ぜい》が尽くされていて、ピカピカの廊下や壁には汚れひとつなく、巡回している警備兵も他の貴族の兵とは比べものにならないほど立派な装備を身に着けていた。

（見た目がよくとも張りぼてじゃ意味がないだろうに……）

警備兵たちの身なりは金のかかったものだけれど、すれ違いざまにソウルボードを確認してみると全体的にレベルが低かった。「隠密」を使わなかったとしてもヒカルに気づけなかっただろう。

（ドレッド伯爵は2階にいるみたいだな……こんな時間に誰かと話し合いか）

日付はとっくに変わっている時間帯だというのに、3人がイスに座っているのを「魔力探知」で感じ取った。

部屋の前へとやってくると、人払いしているのか、周囲に人間の気配はなかった。ドアに耳を当てると中の声が聞こえてくる——。

「——くっくっく。笑いが止まらないな。これだけ金が動いてもほとんどが我らの管理下にある」

「——さらには外務卿《がいむきょう》の失脚もありますぞ」

「——左様。次の外務卿などいかがですか、伯爵」

「——バカな。外務卿など儲《もう》からん。やるなら交易担当大臣か、財務だな」

「——さすがの深謀遠慮、恐れ入ります」

酒が入っているのだろう、大きな声で話している。話を聞いていくうちにヒカルにも少し分かってきた。

（「呪蝕ノ秘毒」による皇都の傷はかなり深いみたいだ……それを急いで立て直そうと、カグライ皇帝は大金を投じて経済を回す予定。ドレッド伯爵は皇都内に築いたネットワークを使ってそのお金を吸い上げようと考えている……ってところか。どこにでも人間のクズはいるんだな）

思わず深いため息が出た。

（だけど問題は、ドレッド伯爵がやろうとしていることは「合法」だってことだな。どんなネットワークがあるのかわからないけど、経済活動で金儲《かねもう》けをしても咎《とが》められるものでもない。値上がりしそうな株をあらかじめ買っておくみたいなものだ）

カグライはこのことを知りたいのだろうか？　あるいはドレッド伯爵の野望を阻止しろと？　もしもヒカルにそれを期待しているのなら、さすがに荷が重い。

（どうしようかな。もう一度カグライ皇帝に会って直接聞くか？）

そう考えていたときだった。

「――そろそろおいとましましょう」

「――左様ですな。だいぶいい時間です」

「――ふむ。ふたりとも、例の件についてはくれぐれも気をつけるのだぞ」

「――心得ております。あればかりは実に危険ですからな……」

足音が近づいてきたのでヒカルは離れた柱の陰に身を潜めた。出てきたふたりの貴族の顔を覚えておく。最後に出てきたのがドレッド伯爵だろう。

でっぷりしており、白髪交じりの髪はふさふさではあったがぼさぼさのように見える。癖が強い髪を、無理に後ろになでつけているのだろう。

3人が玄関ホールに向かったのでヒカルがドレッド伯爵の部屋に入ろうとしたが、ドアを見てぎくりとする。

（オートロック……!?　この世界にそんなものがあるのかよー！）

カギはがっちり掛かっており、しかも魔道具であり、ヒカルががんばってどうこうなるようなものではなかった。

（……焦ってもしょうがないか。大体ドレッド伯爵は黒っぽい白みたいだし――）

と思っていたときだった。

「！」

ヒカルの「魔力探知」に引っかかった――この部屋に接近する人物。

それはドレッド伯爵ではなく、使用人でもないことがすぐにわかった。

なぜならその人物は、屋根を伝ってやってきたからだ。

身長は180センチを超えており、痩せ気味の体格だったが筋肉質で、立ち姿は非常にバランスがよかった。ぴっちりした黒い服を着ているせいで体型はわかったが、顔の下半分を覆うマスクでその表情はうかがい知れない。

屋根からするりとバルコニーに降りた男は、ガラスの嵌《は》められた窓に手を伸ばした。

「――やめておいたほうがいい。警報が鳴る」

「!!」

声を掛けると、ハッとすると同時に振り返り、腰に着けていたダガーを引き抜いた。

ひとつ隣のバルコニーに先回りしていたのはヒカルだった。

「……シルバーフェイス……なぜここに」

くぐもった声は男性のものだとはわかったが、年齢不肖だった。

「ちょっとした調べ物。だから、アンタがその窓に触れて魔道具が発動し、警報でも鳴るとここの家主が警戒するだろ？　それは少々困るんだ」

「これが魔道具だとなぜわかる」

「見てわからないか？」

「わからんな」

ヒカルがなにか言うよりも先に、男は窓に手を触れた。瞬間、ガランガランガランと金属バケツでも叩《たた》くようなドでかい音が響き渡る。屋敷内は蜂の巣を突《つつ》いたような騒ぎになった。

「ほう……ほんとうに魔道具だったか」

「お前、バカか？　人が親切に教えてやったのに」

「こんな場所で出くわした人間を信じるほうがバカだろう。そして真実を教えたお前はもっとバカだ」

「やれやれ。皇国の諜報部《ちょうほうぶ》に恩でも売っておこうかと思ったのに、人の親切を理解できないとはな」

「…………」

この男の正体についてカマをかけてみたが、男は反応しなかった。

ヒカルの考えをよそに、男は言う。

「逃げないのか？　あと数十秒でこの周囲は十重《とえ》二十重《はたえ》に囲まれるぞ」

「それならそっちが逃げたらいい。おれは悠々とその後を追おう」

「尾行する気か」

「さてね」

「……親切に応えて、先に逃がしてやろうとしたのに、人の親切を理解できないのだな」

男の重心が下がる――こいつ、来るぞ、とヒカルは感じ取る。

「ならば、魔道具の故障と思われないように、お前という証拠をここに置いていこう」

足音はしなかった。だけれど、男は風のように走り出すと跳躍し、バルコニーの手すりを蹴ってヒカルのいる場所へと跳んでくる。

（速い！）

その身のこなしは想定以上だった。ロケットのように飛んできた蹴りをかわしたヒカルだったが、男はバルコニーに音もなく着地するや、抜いたダガーをヒカルに向けて振り抜く。身を引いて回避するヒカルに、追撃のダガー、ダガー、ダガー。

あっという間にバルコニーの反対側、手すりまで追い詰められた。

(接近戦の訓練もしっかり積んでいるってことか……!)

追い詰めたヒカルに向けて、ためらいなく繰り出されるダガーの一撃——。

(待っていた)

ヒカルは下からの蹴り上げで、見事、刃を靴の先ではね飛ばした。

キンッ、という高い音とともに、月光を反射したダガーが回転して飛んでいく。

「!?」

これは予想外だったのか、男の目が見開かれる。

「……そのダガーの振り方、やっぱり皇国の諜報部員《ちょうほうぶいん》だな」

ヒカルがトレーニングを受けたのは、ポーンドの冒険者ギルドマスターであるウンケンからだ。そしてウンケンは皇国の諜報部に所属していた。

ウンケンの攻撃の繰り出し方と同じなのだから、男も諜報部員だということはほぼ確定だろう。ドレッド伯爵のいた室内からザワザワと音がし、そこに何人もの人間が飛び込んできたことがわかる。

「…………」

だが男は自分の所属を認めず、

「……目的は達した」

と言うと、ヒカルに背を向けてバルコニーの手すりを蹴った。そして屋根の縁をつかみ、するりと登って逃げていく。

「『目的は達した』だって？　負け惜しみを……あ」

ヒカルは自分も逃げようとしてようやく気がついた。自分のマントの裾が投げナイフによって、いつの間にかバルコニーの手すりに縫い付けられていたのだ。

「……ぐぬう」

引き抜こうとしたがかなり深く突き刺さっている。下の方から「刃物が上から落ちてきたぞ!?」なんて言葉も聞こえてくる。ここに長居は無用だ——無用だけれど、ナイフが抜けない。

「ちっくしょー！」

ヒカルは自分の短刀を抜くやマントを破り、自由の身になった。バンッ、とバルコニーの窓が開き、中から兵士が2人、飛び出してくる。

「……なんだこれは。ナイフ？」

「やはり侵入者だ！」

大騒ぎになったが、そのときにはヒカルはバルコニーの下にぶら下がっていた。月明かりもここには届かず、「隠密《おんみつ》」を使うヒカルに気がつく者は誰もいない。

誰もいないけれど、ずっとぶら下がっているのはかなりしんどい。

（やられた……。僕、接近戦のセンスがないのかもしれないな）

これまでのトレーニングや、ビオスの地下にあった「大穴」での戦いを経て、自分は結構強くなったと思っていた。だからこそさっきも姿を現して男に話しかけたりもしたのだ。

（慢心、慢心）

声を掛けてすぐに姿を消していれば戦いにもつれ込むこともなかった。最近ちょっと調子に乗っていたかもしれないと反省しつつ、ヒカルはバルコニーにぶら下がっていた。

そう——確かにそれは「慢心」だったのだ。

その日、ヒカルが戻った宿にいたのは——ラヴィアひとりきりだった。

「ヒカル……ポーラが、ポーラが攫《さら》われたの」

泣きそうな顔で、彼女はそう言った。

第33章　幻をもたらす蝶《ちょう》

クインブランド皇国皇帝カグライは、誰かが部屋にいる感覚にふと顔を上げた——。

「シルバーフェイスかえ？」

　窓は開いたままで、そこには黒い影が立っていた。確かにそこにいるのは先日ここを訪れた、仮面の男に違いない。だが——身に纏《まと》う空気の変わり様はどうだろう。前回はまるで夜の湖のように静かだったのに、今や吹き荒れる嵐を押さえつけるかのようだ。

「……見損なったぞ、皇帝」

　彼は、言葉に怒りを滲《にじ》ませながら言った。

「フラワーフェイスを攫ったな」

「……なにを言っているのだえ？」

「先ほど、おれの仲間のフラワーフェイスが姿を消した。仲間が言うにはわずかな時間、別行動を取ったときにいなくなったという。アンタの部下の外務卿《がいむきょう》がやろうとしていたことを、おれはアンタに伝えた。アンタは外務卿を止めなかったか、あるいは進めるようにそそのかしたか？　おれもナメられたものだな。ここにこうして、誰にも気づかれず侵入することができることを前回証明してみせたのに、アンタはおれを裏切り、警備を強化した」

「……少し待つがよい、シルバーフェイス。余は外務卿《がいむきょう》を降格させ、フラワーフェイスに二度と手を出さないように誓わせたぞ。それにここの警備は強化などしておらぬ」

「巡回する警備の数を倍にし、前回はなかった魔術トラップを仕込んであることに、このおれが気づかないとでも？」

「それはほんとうかえ？　余は知らぬぞ」

「白を切ってこの場を切り抜ける気か、往生際が悪いぞ、皇帝カグライ」

シルバーフェイスが懐から短刀を抜く――が、カグライは慌てなかった。

「余を殺したらフラワーフェイスは戻ってくるのかえ？　外務卿が怪しいと考えておるのなら、そちらに行けばよい。いや、すでに行ったが空振りだったか？」

「…………」

シルバーフェイスは黙り込んだ。

「……落ち着くがよい、シルバーフェイス。一度話を聞こうぞ。ここへ座れ――」

ヒカルは確かに焦っていた。ポーラが姿を消したことは事実で、彼女がなんの連絡もせずいなくなるというのは考えられないことだった。

（もしもフラワーフェイスが冒険者ポーラだと知られたら――ポーラはきっと自分のせいで僕に迷惑をかけてしまうと思うはずだ……）

以前ポーラは、「東方四星」のシュフィとサーラに自分の正体を知られ、刃物で自らの首を切り付けたことがあった。

（同じことがあればまた、自ら死を選ぶ可能性はゼロじゃない）

なんとかして防がなければ――ラヴィアだって責任を感じるだろう。一刻も早く彼女の居場所を突き止めたかったが、手がかりはほとんどなく、ヒカルはもう一度カグライの私室を訪れたのだった。

「……事情はわかった。フラワーフェイスは我が皇国の恩人でもあるゆえ、余も捜索の手を貸そう」

「いいのか……犯人はきっと、貴族だぞ」

「秘かに貴族を調べさせていることを、そなたも知っておるのではないかえ？」

「……ああ、アイツか」

ドレッド伯爵邸で遭遇した襲撃者について、ヒカルはようやく思い出した。

「あれは諜報部《ちょうほうぶ》でもピカイチの腕を持つ男だがな、そなたの接近にはまったく気づくことができなかったと、ついさっきここで悔しがっておった」

「……もう聞いたのか？　というか、直接報告を受けているのか？」

「余の密命で動いているからの。だが、クツワには、今はフラワーフェイスの捜索を優先させよう」

昨日の男の名がクツワという名であることを、ヒカルは初めて知った。あのときは魔道具を発動させないことを優先していたし、5メートル以内に近づいたのは戦闘のときだけだったので、ソウルボードを確認する時間もなかったのだ。

「また来る」

ヒカルはそう言って、カグライの前から姿を消した。

カグライがポーラ捜索に手を貸すと明言したこと、それに昨日のクツワという男を使うという内容は、ヒカルを冷静にさせた。

次に向かったのは元外務卿《がいむきょう》の邸宅だった——ヒカルとしてはこちらが本命の捜索ポイントでもあった。最初にポーラを攫《さら》おうとしたのはこの男だ。

カグライの元に先に行ったのは、単に皇宮のほうが近いというだけだった。

「——ふざけおって、この私を降格とは……！」

「——陛下は宰相《さいしょう》にそそのかされ、目が曇っておられるのです。ここは財務卿と手を組んで……」

「——バカな、向こうが言ってくるならまだしも、こちらから動いてもよいことはありますまい」

「——鉱山担当大臣はいかがですか」

「——権力はあっても、それを使えないポジションだぞ。所詮はただの名誉職だ」

多くの貴族が集まり、元外務卿を囲んでいた。ヒカルは潜んだまま辛抱強く彼らの話を聞いていたが——誰ひとりとしてフラワーフェイスに言及する者はいなかった。「なぜ外務卿が失脚したのか」についてその理由を知らない者ばかりで、当の本人はだんまりを決め込んでいる。おそらく、皇帝から叱責された内容を話したくないのだろう。

（つまり……ポーラには手を出していないということか？）

わからなくなった。

彼らの話は結局のところ「どうやって外務卿に返り咲くか」という話に終始し、さらには「皇帝陛下はすばらしい御方」という前提も崩れていない。なんだかんだいっても愛国心を持った人間が多く、ドレッド伯爵の屋敷にいた貴族とは全然違う。

もちろん皇国のためになるのならポーラを誘拐するくらいは考えるのだろうけれど、皇帝に釘《くぎ》を刺された以上、もうそれはやらない——元外務卿からはそんな意志が感じ取れた。

（なら、誰がポーラを狙った……？　まさか、たまたま「そこにいたから」攫われた、なんてこともあり得るのか？）

元外務卿の調査を終えて宿へとたどり着いたとき、ヒカルは最悪の想像をしていた。

ポーラは通り魔に遭ったのではないか——という。

だとすると、もはや手がかりはないし、推理のしようもない。あてどなく皇都を歩き回り、「魔力探知」を使い続けて彼女を探すしかない。それは砂浜に落ちた一粒のゴマを探すようなもので、ほとんど不可能だ。

(犯人に、ポーラの正体を知られずに捜し出すことは……無理だ)

攫《さら》った人間が誰であれ、フラワーフェイスの素性《すじょう》を確認するために真っ先に仮面を剥《は》がすだろう。剥がさずにいたとしてもこの数時間がせいぜいだろう。半日、あるいは1日も経《た》てば、仮面の下に興味が湧くはずだ。

あとは、たとえ素顔を見られたとしても、以前のようにポーラが自ら命を絶つなんていうバカげた解決策を選ばないでほしい。そう願うことしかできなかった。

「——ヒカル」

そんなヒカルを、ラヴィアは宿の部屋で待っていた。

「ラヴィア……こっちはダメだった。皇帝陛下はポーラを捜すと約束してくれたけど、それじゃ遅すぎる……」

「……わたし、もう一度ポーラが攫われた場所に行ってきた」

「！」

ラヴィアには今夜は部屋にいるようにと伝えておいた。それはポーラが姿を消すという異常事態で彼女は大きく心を揺すぶられたはずだからだ。

「どうしてそんな危険なことを……！」

「わたしもポーラのことが心配だから。ヒカルだけじゃない。わたしも……」

「っ」

ラヴィアの目に涙が浮かんだのを見てヒカルは息を呑《の》んだ。ポーラが攫われ、すぐそばにいたラヴィアのほうがポーラを心配なのは当然ではないか。

「……ごめん、君の気持ちを考えてなくて」

「ううん。悪いのはわたしだもの」

「ラヴィアは悪くない――そう言っても慰めにもならないだろうけど」

悲しそうな顔でラヴィアは微笑《ほほえ》んだ。

「それでね、ヒカル――手がかりになるかもしれない情報があったの」

ラヴィアはポーラが攫われた場所に戻り、なにを知ったのかについて教えてくれた。

ボロボロになった建物はかつて教会だった場所で、ポーラはその場所で「祈りを捧げたい」と言ったのでラヴィアと少しの時間別行動となった。

「だけどその教会だった場所は、怪しげな取引がされる場所だったの」

「怪しげな取引……？」

「『夢幻蝶』の取引」

先ほどラヴィアは、教会付近にたむろしている男や女を見つけた。彼らは金を手にして集まり、ほのかに光を放つ青色の粉を受け取っていた――それは「夢幻蝶」という名の薬物の特徴と一致する。

「……ポーラは薬物の取引を目撃して、攫《さら》われたってこと……？」

「可能性は、低いかもしれないけど……」

「低くとも、可能性があるだけマシだよ――行ってくる」

「わたしも行く！」

「いや、ラヴィアは待ってて」

「ヒカル、わたしは――」

「違うんだ、聞いて。もうすぐ夜が明ける。そうしたら君には冒険者ギルドへ行って『夢幻蝶』について情報を集めてほしい。それまで少しでも寝ておくんだ。休めるときにどちらか片方でも休んだほうがいい」

「……わかった」

渋々、ラヴィアはうなずいた。

ヒカルは宿を出ると走り出す。もちろんラヴィアに頼んだことも重要なことだったが、やはり夜明けまで時間がないとなると、ひとりで走ったほうが圧倒的に速い。

（ごめん、ラヴィア。ポーラを無事に見つけたらふたりで反省会をしよう）

石畳の町を走り抜けていく黒い影が立てる音は、「隠密《おんみつ》」のスキルによって覆い隠されていた。

東の空がうっすら明るくなるまであと30分といったところだろうか。ヒカルは暗さが残っているうちに廃教会へとやってきた。「魔力探知」によって、ひとりの男が教会内部にいることはわかっている。

連日の夜間の行動、さらに今日は一晩中駆けずり回った——疲労はピークのはずなのに頭は冴え渡っている。息が上がり汗が噴き出るが、ヒカルの足は止まらない。

壊れた扉の隙間から教会内部に身体を滑り込ませる。かつて教会だった場所は狭く、壊れた椅子が転がっている。

そのうちのひとつに座っている男がいた——。

「……チッ」

思わず舌打ちをしてしまった。男は、夢見心地の目をさまよわせ、口からはよだれを垂らしていたのだ——家に帰るまですら我慢できずに「夢幻蝶」を吸い込んだのだろう。

(妙だな……)

その男の姿を間近で見て、気がついた。この辺りのスラムには似つかわしくない、良い身なりだったのだ。男はじきに背もたれに身体を預け、大口を開けて無防備に寝息を立てはじめた。ヒカルは男の持ち物をあさって、紋章らしいものをあしらった徽章《きしょう》を発見した

——2羽の鳥が背を向け合っている。

皇都の冒険者ギルドには、早朝から多くの冒険者が訪れていた。その冒険者たちの間を縫うように進んでいく影に気づく者は、ほとんどいなかった。ラヴィアもまた「隠密《おんみつ》」系統のスキル「知覚遮断」3を持っていて、それを存分に使っていた。

「あの……」

「わっ⁉　——す、すみません、いらっしゃるのに気づかなくて」

ラヴィアに突然話しかけられた受付嬢が驚くのも仕方がないだろう。

そばかすの浮いた顔に眼鏡をかけた受付嬢は、むさ苦しい冒険者の多いギルドにラヴィアのような少女が来たことに、もう一度驚く。

「いえ、構いません。情報が欲しいのですが」

冒険者ギルドのギルドカードを差し出しながらたずねる。ラヴィアの「加護」はふだんは【火炎精霊神：フレイムメイガス】という4文字神を使っているのだが、これほどレアな「加護」は無駄に目立つので、【凡精霊魔法使役神：初級精霊魔法使い】という一般的なものに変えてある。

「あら、魔法をお使いなんですね」

「はい——『夢幻蝶』について教えていただけませんか？」

「…………」

その瞬間、受付嬢だけでなく、彼女の声を聞いた周囲の人たちの空気が変わったことにラヴィアは気がついた。

「……おいおい、お嬢ちゃんが聞くような話じゃねえぞ」

するとガタイのいい冒険者たちがやってきて、ラヴィアを取り囲むようにする。

(思っていた以上に、これは危険度の高い情報なのかもしれない)

身構えるラヴィアは考えを巡らせる。冒険者たちはいったいなにを考えているのか、そしてラヴィアを、夢幻蝶の情報から遠ざけようとする理由は——。

◇

「ゴハァッ」

豪邸の裏庭では、爽やかな早朝には似つかわしくない男のうめき声が響いた。

銀の仮面をつけた少年に蹴り飛ばされ、その屋敷の用心棒は地面に転がっている。

「——話す気になったか？」

「し、知らない。マジな話だ、『夢幻蝶』って薬物の名前は聞いたことがあるが、どこで仕入れるかは……」

「まだ痛い目に遭いたいようだな」

「違う！　マジだって！」

「だがお前のところの使用人は『夢幻蝶』をお買い上げのようだったぞ」

少年が——ヒカルが、廃教会の男が持っていた徽章《きしょう》を放り投げると、用心棒の男はそれを確認する。

「これは……執事見習いのジョセフが持ってるものか？　アイツ、そんなヤバイものに手ぇ出してるのか……」

「お前はここの用心棒だろう？　なぜ把握していない」

「そ、そりゃ！　ご主人がやってりゃ把握もできるだろうけど、使用人のひとりひとりなんか知るもんか！　大体ここは商家だぞ!?　いろんな人間が出入りする！」

「ジョセフとやらと『夢幻蝶』につながりそうな知人、商売上の関係者を言え」

「だ、だから使用人のことなんて……」

「まだ痛い思いが足りないようだな」

「ゴボッ」

用心棒が身構えるよりも早く少年の姿がかき消えると、今度はすぐ左側に気配が現れ、横っ腹に蹴りを入れられた。

用心棒だって腕利きなのだが、こうもたやすく姿を消されると対処のしようがなかった。

「わ、わかった、わかったよ！　思いつく限り、言うから！」

それから用心棒がふたりの男の名前と、4つの貿易商の名前を口にし終わるころには――、

「え、え……？」

ヒカルの姿はもう見えなくなっている。

用心棒からすれば、まるで、悪い夢でも見たかのような気分だったろう。

（クソッ、手がかりになるかと思ったのに……！）

全速力で走り、次の貿易商の邸宅へと向かう。邸宅がわからない場合は店舗だ。そこを、半ば強盗のように襲撃し、主人、あるいは店を任されている店長を締め上げていく。

だが彼らのすべてが「夢幻蝶」の存在を知りながら、扱ったことはないと言い切った。

「――皇国が混乱しているときに、その弱みにつけ込むような商品を扱うものか！」

「――私のことを金儲《かねもう》けだけがすべての商人だと思うのならば殺すがいい」

「――バカにするな。あれは死神の媚薬《びやく》だ。扱ったことがバレればこの皇都にいられなくなる」

誰もがウソを言っているようには見えなかった。

（真実なのか？　あるいは商人は偽装が得意なのか？　わからない――）

胸ぐらをつかんで持ち上げていた貿易商の主人を突き飛ばすように下ろすと、ヒカルは姿を消した――部屋には5人の護衛が、気を失って伸びていた。

「な、なんなんだ……あれは。あの強さは。異常だ……」

首をさすりながら、主人は呆然《ぼうぜん》としてつぶやいた。


屋敷を出たころには日は高く昇っていた。

富豪の邸宅が並ぶ閑静な住宅街ではあったが——その路地裏をヒカルが歩いていくと、

「——おい」

目の前に、昨晩、ドレッド伯爵邸で交戦した男が出現した。

「ずいぶんと荒れているようだな。おかげで、俺が駆り出されてお前をどうにかするよう命令が下った」

「……ずいぶんと動きが早いことだ。クツワ」

ヒカルはクツワがいるとわかって「隠密《おんみつ》」を解いていた。彼がここに出てきて自分と接触しようとしたことには、なにか理由があるのだろうと思ったからだ。

それに、実際皇国の動きが早いことにも感心していた——ヒカルが行動を開始してからまだ6時間ほどしか経《た》っていない。だが皇国はヒカルが暴れていることを知り、諜報部《ちょうほうぶ》しか対応できないことを考え、さらにはこの貿易商にまで当たりをつけてクツワを派遣してきたのだ。

ヒカルの「魔力探知」で、微弱な魔力が信号のようにクツワの耳元に届いているのが感じられる。そこになんらかの魔道具があるのだろう。

「俺の名を知っているのか」

「そんなことはどうでもいい――おれを見つけるよりも早く、やらなきゃいけないことがあるだろ」

その対応の早さを、どうしてポーラを探すことに使ってくれないのか。もうポーラの仮面は剥《は》がされたのではないか。やるせない怒りがヒカルにあふれてくる。

「……やるべきことはやっているさ」

「あ？」

「だがな、お前のようなやり方でうまくいくはずがないだろう」

「お説教ならたくさんだ。おれは先を急ぐ――」

「情報を得たいなら夜の闇よりも静かに、吹き抜ける風よりも素早く。それが鉄則だ。だというのにお前は――むやみやたらと騒ぎを大きくして、駄々をこねている子どものようだ」

「ッ！」

ヒカルの怒りの炎は一瞬大きく燃え上がったが、ぐっとこらえた。クツワの言うことにも一理あるとわかっているからだ――だけれど、どうしていいかわからない。土地勘もない異国の大都会で、ポーラを捜すアテがないのだ。

ふー、と小さく、クツワがため息をついた。

「『彷徨の聖女』ならば無事だ」

「今……なんて言った？」

「課報部《ちょうほうぶ》で所在を把握している。お前とは情報を共有していいと陛下が直々《じきじき》に仰せだから伝えるが――」

「彼女は生きているんだな!?　どこにいる!!」

「落ち着け。そんな状態のお前に言えるわけがないだろう」

「お前になにがわかる!?　今すぐ行かなければ彼女は危ないんだッ!!」

「客人としてもてなされている」

「……なんだと？」

「拘束もされていなければ、正体を明かすように無理強いもされていない。豪勢な朝食が出されたのも確認した」

「どういう……ことだ……？」

「さあな。だが課報部員が彼女に直接コンタクトを取った感じだと、『彷徨の聖女』フラワーフェイスは、シルバーフェイス宛《あ》てにメッセージを残したそうだが？」

「――なんだって？」

初耳だった。メッセージなんて、ヒカルが確認した限りはなかったようだが――。

「誰かが座ったのか少々薄れていたが、廃教会のイスに書いてあった」

クッワが差し出した紙にはこうあった——メッセージを書き写したのだろう。

——カモリという商家から治療の依頼を受けました。どうしても急ぎでということで大変お困りのようでしたので、引き受けます。終わったら帰るから心配しないで。

ヒカルはようやく気がつく。

廃教会にいたあの男——「夢幻蝶」によってラリっていたジョセフが、このメッセージの上に座っていたのだ。さすがにヒカルも、男をどかしてそこになにか書かれていないかなんて、確認しない。諜報部員が見に行ったときには、ジョセフも正気に戻って帰ったあとだったのだろう。

ラヴィアが気づけなかったのは、ポーラが消えたことで「拉致《らち》された」と勘違いし、すぐに宿に戻り、ヒカルと話し合うことを優先したからだ。

「……どうやら落ち着いたようだな」

頭を抱えてしゃがみ込んだヒカルに、クツワの、呆《あき》れたような声が降ってくる。

「ああ……おれはバカだった」

「バカだと気づけりゃ上出来さ」

「そのカモリとかいう家に案内してくれ」

「今はダメだ。夕方まで待て」

「……待てない」

「そう怖い顔をするな……。今のカモリ家は人の出入りが多いから目立ちすぎる。これでも俺たちだって時間をかけて調査しているんだ――それをぶち壊されたらたまらん」

「それなら――」

「自分で捜す、か？　構わないと言いたいところだが、やめておけ。お前みたいなうさんくさいヤツが嗅ぎ回っていたら、カモリ家が警戒する」

「………………」

「だから、そう殺気をダダ漏れにするんじゃない。お前のお仲間は諜報部《ちょうほうぶ》がきっちり監視しているし、なにかあったらさすがにやめさせる。それでいいだろう？」

「………………」

「これだって大サービスなんだ。陛下直々《じきじき》のお言葉がなければこんな優遇はしないさ」

「……わかった」

ヒカルは歯ぎしりしながらもうなずいた。クツワの言うことすべてがもっともだと思えたからだ。

「……もしもそれらが真実ではなかったら、わかっているな？」

「ハッ。どうするっていうんだ？　お前ひとりで皇国を敵に――」

言いかけたクツワは、ぎくりとして言葉を止めた。目の前のシルバーフェイスが忽然《こつぜん》と姿を消したからだった。周囲を見回すが、そのどこにも彼の影も形もなかった。

このとき初めて、クツワは、シルバーフェイスを脅威だと感じたのだった。

「………」

◇

宿に戻ったヒカルは、部屋にラヴィアと、それ以外の人物がいることに気づいてシルバーフェイスの格好を改め、冒険者スタイルになってから部屋に入ることにした。

「ラヴィア、そちらの人は……？」

ラヴィアがテーブルを挟んで向かい合っているのは、眼鏡を掛けた——どうやら制服を見るに、冒険者ギルドの受付嬢らしい。

「冒険者ギルドの方です」

「皇都ギルドで職員をしております、カタリナと申します」

すっくと立ち上がり一礼する仕草は、手慣れていた。

「……実はパーティーメンバーのラヴィアさんから『夢幻蝶』に関する情報が欲しいと言われまして、事情をうかがいに参りました」

「『夢幻蝶』の……」

ラヴィアを見るが、彼女は困ったように眉根を寄せるだけだった。ギルドで情報収集していたのは間違いないのだろうけれど、こうしてヒカルが戻ってくる前に終わらせるつもりだったのかもしれない。だとしたら、彼女がどんな建て前を話したのかわからないから、聞き役に徹したほうがよさそうだ。

「ギルドでも今、『夢幻蝶』を徹底的に調べているところでして、わずかな情報でも逃したくないのです」

「屈強な冒険者たちが怖い顔で情報を追いかけてたよ」

「そ、そうなんだ」

冒険者ギルドまで調査に加わっているのは驚きだったけれど、こちらから情報収集できるならそれもまたいいとヒカルは考えた。ポーラの居所さえわかれば「夢幻蝶」はどうでもよかったが、ルヴァインが皇帝カグライと取引するのに使える材料になりそうだ。

ギルドの職員が語るところによると、「呪蝕ノ秘毒」騒ぎで——彼女は「黒腐病《こくふびょう》」と呼んでいたが——皇都は大混乱に陥り、その隙を突いて入り込んできたのが「夢幻蝶」だった。「痛み止め」という名目で入り込んできたこの薬物がどこで製造され、誰が売っているのかはわからなかったが、「呪蝕ノ秘毒」によって絶望に暮れていた皇国民たちは、まやかしの幸福である「夢幻蝶」を受け入れた。

静かに広がったこの薬物を冒険者ギルドが把握したときには、すでに広範囲に蔓延《まんえん》しており、調査は困難を極めた。「夢幻蝶」が売れるとわかった裏社会の人間たちが、2度3

度と転売を繰り返したのだ。

「冒険者の中には、この薬物に手を出す方も多くて……」

「なるほど」

「それで、ラヴィアさんが『夢幻蝶』の取引現場を見たとおっしゃるので……興奮する冒険者が多いギルド内で少々騒ぎになりました。実は『盗賊ギルド』にも動きがあるため、ギルドマスターと検討した結果、こちらにうかがわせていただくことになりました」

ラヴィアは廃教会の話をしたが、誰が取引をしていたかまではわからないと伝えていた。廃教会での取引についてはギルドもつかんでおらず、かなり細かく聞き取りされたらしい。

一通り話は終わったんだな——と思いながらもヒカルは、

「カモリ家をご存じですか？」

とたずねた。クツワは、そうとは言わなかったが、おそらくカモリ家は「夢幻蝶」の取引に関与しているのだろう。だからこそ諜報部《ちょうほうぶ》はもともと監視しており、ポーラが滞在していることにも気がついたのだ、とヒカルは考えた。

だが「夢幻蝶」を扱うカモリ家がなぜ「彷徨の聖女」を必要としているかはわからない。

「はい、知っておりますが……新興の貿易商家ですね」

よし、とヒカルは内心でガッツポーズする。

「場所はわかりますか？」

「まさかカモリ家が『夢幻蝶』の取引に？」

「この話の流れだとそう思われてしまいそうですが、違います。個人的な質問です」

「ああ、そうでしたか……そうですよね。取引の現場はラヴィアさんが確認されたものの、その人たちがどこに行ったかはご存じありませんものね」

カタリナは丁寧にカモリ家の場所を教えてくれ、一方でラヴィアは取引に関わっていた男の人相を詳しく話した。それらすべてを書き留めたカタリナは、満足げにうなずき、

「ご協力ありがとうございます。「ギルドの依頼を受けてくださいね。今は皇都の復興期。大量の依頼が舞い込んでいますよ！」

「はは……時間があればうかがいます」

部屋を出て行く寸前、カタリナは足を止めた。

「……深夜にスラムの廃教会を徘徊《はいかい》していた理由は聞きません。ですが、おふたりはまだお若いのですから、くれぐれも無理をなさらないでくださいね」

「分はわきまえています」

「そうですか。差し出口でしたね」

一礼すると彼女のスカートがふわりと揺れ、カタリナは颯爽《さっそう》と去って行った。

「――もしかしたら……あの人」

「どうしたの、ヒカル？」

「あ、いや……なんでもない」

ヒカルが「夢幻蝶」の調査を進めていることに、カタリナが気づいているのかもしれないと思ったが、それはなんの確証もない「直感」だった。

「——それよりラヴィア。カモリ家に向かおう。そこにポーラがいる」

「えっ、やっぱりポーラはそこに？」

ヒカルはうなずく。冒険者ギルドが関わってくるとカモリ家が警戒するので、警戒される前にポーラを救い出したいとラヴィアにも伝える。

「ヒカル……大丈夫？　体調は？」

「平気だよ。ポーラが待っているのに、弱音は吐けない」

「ん……わかった。わたしもがんばる」

出かける準備もだいぶ手慣れた。ふたりはすぐに闇に紛れる装束に着替えると、ヒカルがラヴィアの手を握り、「集団遮断」を発動する。

カタリナのために淹《い》れたお茶の湯気が、まだほのかに立ち上っていた。

第34章　譲れぬプライドと、ぶつかる「隠密《おんみつ》」の刃《やいば》

「――珍しいな。冒険者ギルドの才媛がこんなところにまで」

それは皇都内のとある場所――年中日が差さない、暗い部屋だった。

過去に作られた大規模な下水道は、その後の皇都の拡大まで予想できておらず、3分の1ほどが使えないまま放置された。

使えない空間が残れば、それを有効活用する者が現れる。

暗闇の奥にある鉄扉。ここを開けると明るい空間が広がる――人はここを「盗賊ギルド」と呼ぶ。

「急ぎです。制服のままで来て申し訳ありません」

息を切らしながら言ったのは冒険者ギルドの受付嬢カタリナで、彼女はヒカルたちの事情聴取のあとに大急ぎでここまでやってきた。

「喉が渇いただろう？　茶でも――」

「要りません」

応対しているのはほっそりとした男で、こんな地下にふさわしく、肌の色は青ざめたよ

うな色だ。髪は濡れたような紺色で耳はわずかに長い――それらの特徴は、男が、洞窟に住むというダークエルフ族とヒト種族の両方の血を受け継いでいることを示している。

金色の、蛇のような三白眼《さんぱくがん》が油断なくカタリナを見やる。

「では聞こう、用件は？」

「『夢幻蝶』の尻尾がつかめるかもしれません」

「！」

男の目が見開かれる――「夢幻蝶」は盗賊ギルドにとっても許しがたい悪だった。

ギルドの名前こそ「盗賊」という言葉がついているが、扱っている商品や依頼内容は限りなく「黒」に近い「グレー」である。

それでもケンカや風俗ビジネスに関すること、表だっては言えないような依頼は数え切れないほどあるために盗賊ギルドは必要とされ、こうして存在している。

彼らは「グレー」を超えた「黒」について敏感なのだ。「夢幻蝶」は盗賊ギルドがおろしていた緩い快感を伴う「痛み止め」を駆逐《くちく》し、瞬く間に皇都に広がった。「蛇《じゃ》の道は蛇《へび》」とも言うけれど、盗賊ギルドは「夢幻蝶」の尻尾をなかなかつかめず苛立《いらだ》っていた。

ふだんは相容れない冒険者ギルドと歩調を合わせているのも、その苛立ちがあまりに強かったからだ。

「カモリ家について聞き覚えはありますか」

カタリナがたずねると、盗賊ギルドの男は眉をひそめた。

「……『夢幻蝶』を扱っている可能性のある貿易商として、チェックリストには入っていた。だが、俺たちが洗っても怪しいところは出なかったはずだ」

「内部へは入り込みましたか」

「あそこは無理だ。新興商家だから隙がありそうだと思ったが、ところがどっこいかなり強固な警備態勢だ。機密情報を漏らすようなアホな幹部もいない」

「そんな強い警備の背景についてどう思われます？」

「――後ろ暗いところがあるから、か？　……ふむ、詳しく教えてくれ」

こうしてカモリ家の名は、盗賊ギルドにももたらされたのだった。

◇

正午の鐘が皇都に鳴り響くころ、ヒカルとラヴィアはカモリ家の前へたどり着いた。意外なことにその邸宅は雑然とした街中にあって、1ブロックすべてを占めていた。

通りに面している部分はすべて商店として利用されており、皇都内の各地方から取り寄せられた食材が並んでいる。通りがかっただけではこのすべてが同一の店舗とは思えないほどに広い。店舗を通り抜けた向こうに広い空間があって――広大な中庭のようなそこに、邸宅がドンと建っている。

「面白い造りだな。自分の家を囲むのがすべて自分の店舗というのは、侵入者を防ぐという点ではいいのかもしれない」

「入るには必ずどこかの店舗を通らないといけないみたいね」

「うん。店員の目が光ってるから大丈夫だと思っているんだろうけど——逆に言えばそれが彼らの油断を生んでいるのかもしれない。諜報部《ちょうほうぶ》だってどうにかして入り込んでいるわけだし。それに……」

ヒカルは通りを歩きながら、店舗と行き交う人たちを確認している。

「……何人か、監視している人間がいる。諜報部にしては隠れ方が下手くそだから他の団体だと思うけど、そいつらが行動を起こす前にこっちも動かないと」

「中に入る？」

「もちろん。ポーラがいるのがはっきりしたから」

ヒカルの「魔力探知」は確実にポーラの存在を捉えている。彼女の魔力量は大きいので、間違えることは絶対にない。

（生きてる……）

それだけで十分、安堵《あんど》できた。昨日から一睡もしていないので思いがけず眠気《ねむけ》が襲ってくるけれど、これからやらなければならないことを考えて気合いを入れる。

「それじゃ、行こうか」

「えっ、このまま？」

ヒカルはラヴィアとともに手近な店舗へと入った。両開きのドアは開けっぱなしであり、小麦やコーンなどの穀物を扱っているらしい。

「――いらっしゃ――あれ？」

「――どうしました、店長」

「――今誰か入ってこなかったか？」

「――全然？　気づきませんでしたけど」

カウンターの向こうで店長と、店の小僧が話している。外の明るさに比べればだいぶ薄暗い店内を、すいすいとヒカルはラヴィアとともに進んでいく。

「――そう言えば明日の配達だが、伝票をどこにやったかお前、見ていないか」

「――その腰に挟んでるヤツ、違います？」

「――お？　……これだ」

「――もう、店長～」

のんびりとやりとりしている彼らの横を通り抜けるが、ふたりともまったく気づかない。

「………………」

ラヴィアがぎゅうっとヒカルの手を握りしめる。「集団遮断」を発動しているからこれくらいなら気づかれないとわかっているのだが、「直感」を持っているヒカルはともかく、ラヴィアはこんなに大胆に侵入したことはない。

「ふううう……」

店舗の裏口から外に出た瞬間、ラヴィアは一気に息を吐いて、吸い込んだ。どうやらずっと息を止めていたらしい。

「ラヴィア、ここからも大変だよ」

「え……」

目の前には奥行き50メートルほどの芝生の庭が広がっており、植え込みが点在している以外に隠れる場所がない。花壇もいくつかあるが人の姿を隠せるほどではなかった。

3階建ての邸宅は皇都にしては珍しく木造で、壁は白く塗られていた。屋根は目の覚めるような赤色で、主人の趣味がだいぶ尖《とが》っていることがわかる。

玄関に2人のガードマンが立っている。

表通りから隔絶されたこの空間はひどく静かで、芝生を踏む音すらガードマンに聞こえそうだった。

「ど、どうするの？」

ここは距離があって、さらに背の高い植え込みがふたりを隠しているけれど、その先は見通しがいい。降り注ぐ日光の下では、いくらヒカルの「隠密《おんみつ》」でも隠しきれないだろう。

「……ラヴィア、ここからは僕ひとりで行動してもいい？　『集団遮断』だとふたりを完全には隠しきれないから。すぐ戻ってくる」

「…………」

ここまで来て、置いていかれるのか——そう思っているのは間違いない。

それでもラヴィアは、

「ん、わかった……」

「ありがとう、理解してくれて」

「ポーラを助けるためだから」

「ラヴィアはここで『知覚遮断』を発動していれば見つからないはずだから」

「わかった」

ラヴィアの手を離すと、彼女も「知覚遮断」を発動する。ヒカルですら少し離れると、「直感」があっても違和感を覚える程度でしかない存在感になる。

（よし……それじゃあ行こう）

ヒカルは「隠密」を全開にし、手元の石を遠くへと放った。カツン、と店舗側の建物に当たるとガードマンたちがそちらに視線を送る——瞬間、走り出す。芝生が揺れるがヒカルの姿は見つかっていない。

「ん……？」

ちらりとこちらをガードマンが見たのは、ヒカルの「隠密《おんみつ》」に問題があったのではなくそのガードマンが「直感」持ちだからかもしれない。だが、1秒後にはヒカルはガードマンから死角となる屋敷の陰に身体を滑り込ませていた。

（ふー……危なかったな。やっぱり、こんな明るい昼間に使うものじゃない……）

異変を感じ取ったらしく、ガードマンのひとりが持ち場を離れてこちらへと歩いてくるが——それから逃げるようにヒカルは屋敷を回り込み、裏口へと向かう。

「！」

裏口にもひとり、ガードマンが立っている。彼がこちらに首を向けたのであわててヒカルは元の位置へと戻る。

（まずい）

表からはガードマンがやってくるが、裏口にももうひとりいる。「魔力探知」ではさっきまでいなかったはずなのに、休憩だったのか、あるいは偶然出てきたのか——。

「誰かいるのか」

表のガードマンが、ヒカルのいるほうへと回り込んできた。

「…………」

ガードマンは屋敷の側面に当たる場所を見つめる。

「……気のせいか」

くるりと身体の向きを変え、戻っていった。

（危なかった……）

ヒカルは、ガードマンが顔をのぞかせた、その真上の壁に張りついていた。さすがに顔を上に向けてまで確認しないだろうと思ったが、そのとおりになった。向こうでは、茂みから顔を出してハラハラとこちらを見ているラヴィアがいた。これくらい距離があると「隠密」を発動しても見えてしまうのが弱点ではある。

ガードマンが去ると、ヒカルはふわりと地面に降り立って考える——どこから侵入するべきかを。目の前には4つの窓が並んでいるが、そのどれにもカギがかけられており、外からは解錠できない。

（ポーラがいるのは……3階の反対側か）

「魔力探知」は居場所を確認できても、建物の形状までは把握できない。室内に人がいるかどうかは確認できるし、窓を割って侵入することも十分可能だけれど、その先は行き当たりばったりになる。

（屋根を伝って反対側に行くのは無理だな）

なぜなら屋根の上にふたりの存在を確認しているのだ。それが諜報部員《ちょうほうぶいん》なのか、他の者かはわからない。屋根の上に潜んでいるなんて、ふつうの人間でないことは確かだ。

（行き当たりばったりだけど、行くしかないか）

中に入れば外よりは明かりが少なく「隠密《おんみつ》」も効きやすい。ヒカルは覚悟を決めて直刀を抜いた。これは聖都アギアポールで、オシャレ番長のドワーフであるドドンノから購入した武器で、かなり頑丈な造りだ。

「………」

最後に使ったのがランナの息の根を止めるときだったな、と思い出すと墨を落としたようなもやもやが心に広がっていくが、今は感傷に浸るときじゃない。窓の隙間に差し込んで、閂《かんぬき》になっている部分に刃の切っ先を当てて、

「ふんっ」

力を込めると一気に破壊した。金属のこすれるイヤな音がしたが、ガードマンたちが動く気配はなく、邸内も特に変わりはなかった。窓を開いて素早く中に入り込む。そこはあまり使われていない客間なのか、空気が淀んでいた。

屋敷内にいるのは10人で、そのうちのひとりはもちろんポーラだ。

キッチン、洗濯場などで働いている人たちも含め、屋敷内全体にばらけている。部屋の数は20くらいあるのだろうか、隠れられる場所は多そうだ。

石造りの廊下はピカピカに磨かれていて、ヒカルが歩くと砂埃《すなぼこり》の足跡が残る。手ぬぐいでさっと靴底を拭ったが、完璧に汚れは取れない——今自分が忍び込んでいる間だけバレなければいい。目立たない廊下の隅をヒカルは走り抜ける。

玄関ホールの階段はどこからでも見えてしまうが、周囲に人はいないので一気に駆け上がった。この先に――ふたりいる。

「――先輩、あの方って今話題の『彷徨の聖女』様ですよね⁉　どうしてウチのお屋敷にいらっしゃるんでしょうか！」

「――無駄口をたたかないの。ご主人様は詮索されるのが大嫌いなの、知ってるでしょ」

「――でも気になるじゃないですかぁ」

ひとりのメイドは食器の載ったワゴンを押して、もうひとりはタライにシーツを入れて運んでいた。ヒカルが彫像の陰に隠れていると、ふたりは前を通り過ぎていく。

どうやらポーラのことは彼女たちも知るところのようだ。扱いも悪くないのだと確認できてホッとする。

メイドたちをやり過ごしたヒカルは廊下を走る。そしてポーラのいる部屋の前で立ち止まると、ドアノブを回す――鍵がかかっている。

ヒカルは「隠密」を解除してノックした。

「……はい」

警戒する声は、確かにポーラのものだった。

「僕だよ」

「！」

　ダダダダッと音がすると、

「ヒカ――シルバーフェイス様……!?」

「鍵がかかっているけど、内側からかけられるの？」

「いえ、いつも外から鍵を開けているようですが……」

「わかった。ドアから離れていて」

　鍵を確認してみると窓ほど簡単な形状ではなく、短刀をねじ込んでどうにかなるようなものではないのは明らかだった。

「これは……開けられない……」

「シルバーフェイス様。私は大丈夫です」

　ヒカルの反応がないからか、ポーラがドアのそばまで戻ってきて言う。

「いや……たぶんメイドたちが鍵を持っているので、取ってくるよ。それか、窓から逃げられそう？」

「違うんです。私はここに残ります」

「え？」

「私、ここに来たのは自分の意志です……置き書きを見てくれたんですよね？」

「治療はこれからなの？」

「いえ、治療はもう済んだのです――彼は、このカモリ家のご子息は、『夢幻蝶』の強い

中毒症状がありました」

「どういうこと……？　カモリが『夢幻蝶』を売ってるのではなくて？」

「はい、そのようなのですが――」

ポーラは手短に話してくれた。

すべては「呪蝕ノ秘毒」の影響だった。

この世界は、行商人ならば「いつもニコニコ現金払い」だけれど、カモリほどの商家となると「買い掛け」をして、支払いはあとになる。

だが「呪蝕ノ秘毒」で皇都の出入りが制限されると――現金を確保しようとした買い掛け先から支払いを求められ、一方で急速にメインの商材である食料品の流通が滞り、現金が手元になくなった。金貸しから借りる限度もやがていっぱいになり、債務超過に陥る――というそのとき、手を出してしまったのが「夢幻蝶」だ。

「痛み止め」であれば「薬品」として輸入が可能で、しかも需要は多い、とカモリに勧めた貴族は言った。

勧められるままに「夢幻蝶」を扱うようになり、現金が底をつくのは免れたのだけれど――カモリにも誤算があった。

彼のひとり息子が、商品である「夢幻蝶」に手を出して依存症になってしまったのだ。

症状は重く、薬物がないと身体中に発疹《はっしん》が出て怠《だる》くなり、食事を与えてもすべて吐いてしまうために、どんどん弱っていったようだ。

「ここのご主人は息子さんの回復を見届けたあと、私に約束してくださいました。こんな商売は金輪際《こんりんざい》やらないと……」

「でもそれと、ポーラがここに残るのとどんな関係が？」

「その息子さんは、自分ひとりで『夢幻蝶』を使っていたんじゃないんです。それにはお相手がいて——年頃のお嬢さんだそうです。その方も重い中毒症状だというので、なんとしてでも回復させてほしいと……」

「ああ……恋人同士で火遊びを楽しんでいたのか……」

「はい。自業自得と言えばそのとおりなのですが……『呪蝕ノ秘毒』が流行していた皇都は、それはもうひどい有様で。私は、夢を見せてくれる薬に手を出してしまった息子さんだけを責められないなと……思いました」

「……わかった。じゃあ、そのお嬢さんを回復させてから姿を消そう」

「ありがとうございます。私、ワガママばかりですね……」

「そんなことはないよ。でもポーラを少しでも傷つけようとしたら、僕は全力でそいつらと戦うよ」

「は、はいっ」

少し弾《はず》んだ声でポーラは返事をしたけれど、ヒカルには「弾む」理由がよくわからない。自分が「君を守る」と言ったのと同じなのだということに気づいていなかった。

「それで、その治療はいつになるの？」

「今日の夜だそうです。そのお嬢さんは高貴な方の――『夢幻蝶』の輸入を勧めた貴族様の令嬢だから、カモリ家と関係があることを知られてはならないと……」

「ああ……なるほど」

諸悪の根源だな、とヒカルは理解した。

カモリ家が「夢幻蝶」から足を洗ったとしても、皇都に違法な薬物を流通させたことは罪だ。同情できる部分はあるけれど、それでも皇都を混乱させた罪のほうが圧倒的に大きいとヒカルは思う。

（あとでカグライ皇帝に聞いてみよう。こういう場合、処分はどうするのか……）

せっかくポーラが息子を助けたのに「全員処刑」なんてことになったら後味が悪いにもほどがある。諜報部《ちょうほうぶ》が張りついている以上、何事もなかったことにして以前のとおりに戻ることもできないだろうし。

「それで、なんていう貴族なの？　この皇都の混乱に乗じて、むちゃくちゃなことをやろうとしたのは」

「はい、確か――」

ポーラは記憶を呼び覚ますようにして、言った。

「――ドレッド伯爵、とおっしゃっていました」

◇

秋も深くなると日が暮れるのが早く、皇都にはあっという間に夜のとばりが下りた。

カモリ家を取り囲む食料品店はすでに店じまいし、通りを歩く人もいなくなっていたが――そこに1台の馬車がやってきて停まった。

「『彷徨の聖女』様、こちらへ」

腹回りに貫禄のあるカモリ家当主が、ポーラを連れて店舗内から現れた。肉付きはよかったが顔はやつれているように見え、禿《は》げ上がった頭が魔導ランプの明かりを反射した。

ふたりが乗り込んだ馬車はゆっくりと進み始めた――。

「……動き出したな。追え。私は屋敷の人間を監視する」

「……ハッ」

建物の陰に潜んでいた皇国諜報部員が、影に寄り添うように動き出した。

夜になれば人通りも少なくなり、馬車は蹄鉄《ていてつ》の音を響かせながら皇都をすいすいと進んでいく。やがて手入れされた石畳の道が続くようになり、1軒ごとの間隔が広くなっていく――富裕層の住む区域へとやってくる。

馬車が停まったのはドレッド伯爵邸の前だった。ただ、数人がかりで開けるほどの大きな鉄門がある正面ではなく、裏手だった。壁をよく見ると目立たない切れ目があり、そこが開いて執事服を着た若い男が顔を出した。

「カモリか？」

「左様でございます」

「よし、こっちへ来い。連れもいっしょにな」

馬車から降りたカモリはポーラとともに壁から中へと入る——その後閉じられた壁は、元のとおりにぴたりと収まった。停車した馬車が再び走り出すまでにかかった時間は1分もなく、馬車の陰になっていたこともあり、よほど注意して見なければここで人の乗り降りがあったことはわからなかっただろう。

「……ほんとうにその女は治療できるんだろうな？」

若い執事は、年齢が倍も上そうなカモリに対して横柄《おうへい》な言葉遣いだった。商人と貴族の間には歴然たる身分の差があり、執事自身が平民であったとしても、カモリから見れば高位の人物になるのだ。

もちろんそれを十分承知しているカモリは、へりくだって答える。

「はい、もちろんでございます。『彷徨の聖女』様のおかげで、私どもの愚息も——」

「お前のバカ息子のせいで、お嬢様がどれだけ苦しんだと思っている」

「も、申し訳ありません」

カモリは小さくなるが、実のところカモリの息子は被害者だった。

「夢幻蝶」で遊ぼうと言い出したのは他ならぬドレッド伯爵令嬢なのだ。逆ならばともかく、ドレッド伯爵令嬢に誘われればカモリの息子が断れるわけはない。令嬢からすればカモリの息子が気に入ったというより、出入りしている若い美形がいたな、ちょっと遊んでやるか、くらいの気持ちでしかなかった。

「夢幻蝶」の中毒性がこれほど高くなくて、令嬢自身が薬物に身体を蝕《むしば》まれなければ、問題になることもなかったのだ。

「…………」

カモリのメイドたちから事情を聞いていたポーラは、やるせない気持ちを抑えながらお屋敷の裏口から建物内に入った。

最低限の魔導ランプの明かりしかない暗い廊下を進んでいくと、玄関ホールがあったが、そちらに行くのではなく、食堂と厨房《ちゅうぼう》のある場所へと連れて行かれた。

「ここだ」

「……地下室でございますか」

「だからなんだ?」

「い、いいえ」

厨房《ちゅうぼう》の隣にある扉を開けると、地下へと続く階段が現れた。階段を下りていくと、風が通らないようで淀んだ空気がまとわりつく。

「聖女様、お気を付けて」

カモリに言われ、ポーラは小さくうなずいた。

貴族のお屋敷に入るだけでもストレスがあるだろうに、こんな場所に連れて行かれるカモリはびっしょりと汗をかいていた。ポーラもまた「ここへ入っても大丈夫だろうか」という思いがありながらも、

(ヒカル様……)

彼女が、この世の神と同じくらい信じている少年を思い浮かべ、歩を進めた。

地下室には分厚い扉があり、若い執事がカギを開けると、

「――ゥゥゥウアアアアアアア！　痛い痛い痛い痛いよおおお!!」

女の叫び声が聞こえてきた。それがこのお屋敷の令嬢であることは考えるまでもなかった。

(叫び声が漏れないようにするための地下室なんだ……！)

地下室内は広く、もともとは食材の倉庫だったようで、棚には袋に詰まった穀物や乾燥肉、瓶詰めにワインの樽《たる》といったものが並んでいる。

テーブルは端にどかされ、ベッドが運び込まれていた。

寝かされていたのは青い髪を振り乱した女――年齢的にはポーラと同じくらいで、少女

と言ってもいいかもしれない。

両手両足を広げた状態で縄で縛られており、縄のかかった部分の肌は血まみれになっていた。大暴れしてこすれたのだろう。かいがいしく世話をするメイドがふたりいるが、どちらも憔悴《しょうすい》した様子で、目には涙も浮かんでいる。

「『彷徨の聖女』が来ました。ここは私たちに任せて、扉の外で待機してください」

若い執事が現れると、明らかにホッとした顔でメイドたちはそそくさと出ていった。

「さあ、やれ」

「聖女様、なにとぞひとつ……」

横柄《おうへい》な執事と、揉《も》み手をしながら平身低頭するカモリ。

無言でうなずいたポーラは少女の枕元まで歩いていき、詠唱を始めた。

「『天にまします我らが神よ、その御名《みな》において奇跡を起こしたまえ。右手がもたらすは命の恩恵、左手がもたらすは死の祝福。地において生ける我らに恩恵をたまわらんことを。我が身より捧げるはこの魔力』――」

右手に黄金色の光が集まるが、しかしそこで終わらなかった。

「『天にまします我らが神よ、天より授かりし肉体の不浄をとりのぞくべくこの魔力を捧げる。草原の露《つゆ》、高山の霧《きり》、深海の水、地層の熱湯、それら清浄なる気配をもってこの哀れな肉体に慈悲を』――」

するとポーラの左手に銀色の光が集まった。

「……カモリ。私の目にはふたつの魔法が同時に発動しているように見えるのだが」

「はっ、そのとおりです……『夢幻蝶』の重い中毒症状を緩和するには、同時に体力回復と、解毒と、そのふたつの魔法を扱わねばならぬと……その上で他にも魔法が必要だとか」

「聞いたことがない！　大体ふたつの魔法を同時に扱うなど――」

「お静かに。聖女様の集中が乱れます……」

仮面の裏ではポーラはじっとりと汗をかいていた。

魔法を発動させたまま、次の魔法を詠唱するのは、例えるなら右手と左手で違う文章を書いていくような作業だ。

体力を回復させる魔法を使おうとすると毒が反発し、解毒の魔法を使おうとすると体力が足りずに毒素に負けてしまう。こんなもどかしいシーソーゲームを打破するためにポーラが編み出したこの魔法は、「回復魔法」のみならず他の魔法を対象としても使い手がほとんどいないという、極めて珍しい「双手魔法執行《デュアルマジック》」というものだった。

「――ウァァアアァッ!?」

ポーラがベッドに乗り、少女の身体に両手を押しつける――すると接点を中心に風が吹きすさび、ポーラの服の裾を、少女の髪をはためかせ、発せられた光に執事もカモリも目をつぶってしまう。

「次の魔法——」

素早くポーラは「魔力正常化」の魔法を詠唱する。ヒカルが近くにいれば「魔力探知」によって、令嬢の体内で暴れる魔力が肉体を内側から刺激し、激痛をもたらしていることがわかっただろう。

カモリの息子は身体が怠《だる》くなるという症状が出て、令嬢は痛みを伴う症状が出ていたのだった。そのいずれも体内の魔力が悪さをしているためだった。

「アアアァァァァ……あ、あ……？」

ポーラが「魔力正常化」の魔法を使い終わると、痛みが引いたのだろう——令嬢の瞳に光が戻った。

「……痛く、ない……まるで霧《きり》が晴れたみたいに…………うっ、あ、あれ、手が動かないわ……？」

「お嬢様！　メイド、メイドよ来なさい！」

執事が叫ぶと重い鉄扉を開いて先ほどのメイドたちが駆け込んできた。「お嬢様！」と悲鳴のように声を上げながら。

「カモリ、ここにいろ！　私は閣下にご報告申し上げる」

「わ、わかりました！」

執事が飛び出していくと、メイドたちが少女を縛る縄を解いていく。ぐったりとしながらも少女が身体を起こし、手渡された水を飲めるほどになったのは、それもこれもポーラの「回復魔法」の力だった。ポーラの「回復魔法」のレベルは8で、この国最高の「回復魔法」使いですら6なのだから。

縄で縛られていた腕は、むけた皮膚や血がこびりついているものの、傷口はすっかり塞がっている。そこをさすりながら少女がポーラを鋭い目で見た。

「あなたがわたくしを治したの？」

「………………」

ポーラは小さくうなずく。

「ふぅん……それなら特別にわたくしが雇ってあげるわ。お父様にも言ってあげるから、感謝しなさい」

ポーラは返答に困ってカモリを見たが、カモリはこういうときは顔を伏せてぶるぶると震えているだけだった。

面倒なことになったかもしれない——ポーラはそう感じた。

ヒカルはドレッド伯爵邸の屋根の上にいたが、まずいことに、そこには先客がいた。クツワである。

彼は、ヒカルが完璧に「隠密《おんみつ》」で姿を消しているにもかかわらず、振り返り、こう言ったのだ――「シルバーフェイスだな」と。

その視線がすでにヒカルのいた場所ではない、違うところに向いていたとしても、彼はヒカルの出現を感じ取った。確認してはいないが、高レベルの「直感」があるのだろう。

（前回はすぐそばに近づくまで気づかれなかったのに……もしかしたら「加護」を変えたのかな）

どんな「加護」を持っているかはわからないが、諜報部員《ちょうほうぶいん》ならば「隠密」系統の「加護」を使うはずだ。それを「直感」系統に切り替えたのではないかとヒカルは思った。

「……アンタはカモリの屋敷に行ったんじゃなかったのか」

ヒカルはわざわざクツワの視線の先にまで移動してから、「隠密」を解除した。

「お前こそ、忠告したのに独自にカモリ家を調べたな？」

「さあな」

「直接カモリの屋敷を監視し、馬車を追ってここまで来たんだろう――」

その推測は外れているが、指摘してやるほどヒカルはお人好しではない。

「おれはフラワーフェイスを取り戻しに来ただけだ」

「……正気か？　お前が優れた能力を持っているのだとしても、人ひとりを連れて逃げるのは難易度が数段上がる。それにここは昨晩よりも防諜能力を上げているぞ」

ほう、とヒカルは感心した。

昨晩、ドレッド伯の邸に忍び込んだときにクツワと遭遇して騒ぎを起こしたが、実のところ外を警戒している警備兵の数は変わっていない――外からだけ見れば。

（ふつうなら、『手配が間に合わなかったか、もう襲撃はないと判断したのだ』――というふうに考えそうなものだけれど、ちゃんと見抜いていたんだな）

ヒカルの「魔力探知」では、屋敷内の人数もわかる。兵士の数こそほとんど変わらないが、魔法を使える人数が段違いに増えている。それに窓やドアに仕込まれた魔道具のトラップは、その数を増やして倍ほどになっていた。

（諜報部《ちょうほうぶ》が日中監視していた情報で判断したのか、あるいは別の情報源があるのか……）

とはいえ、ヒカルがやることは変わりない。

「だからなんだ？　おれはできると判断したからやる。フラワーフェイスが望むから、そのタイミングを今にまでずらしただけで」

「フラワーフェイスが望む……もしや『彷徨の聖女』に頼ったのか、ドレッド伯爵は？」

「ここの令嬢が『夢幻蝶』の中毒症状を発症していることは知っているようだな」

「……確証はなかったが、おそらくそうだろうと推測されていた。出入りする医者を確認すればそれくらいはな」

それを聞いてヒカルは考える。

諜報部、いや、皇帝カグライが狙っているのはドレッド伯爵だったのだ。ドレッド伯爵が「夢幻蝶」の取引に手を出していると考え、それが事実なら伯爵を処分する気だ。

「話はわかった。それじゃ、そろそろおれは行く」

ヒカルはそのとき、地下で強力な魔法の発動を感じた。ポーラが使ったのだろう。彼女は一度、カモリの息子を助けたと言っているから失敗することはないはずだ。

「……ここで待っていろ。『彷徨の聖女』が治療のために来ただけなら、すぐに出てくるはずだ。そうしたらお役御免だろう？」

クツワの言葉を聞いて、ヒカルは鼻で笑った。

「バカを言え。『夢幻蝶』の中毒症状に陥った娘を見たフラワーフェイスを、ドレッド伯爵がなにもせずに帰すとでも本気で思っているのか？」

あのとき、カモリの屋敷で話したときにポーラはそういう危険があることについて話さなかったし、ヒカルもまた言わなかった。お互いわかっていたのだ——治療すること自体がとても危険であると。

それでもポーラは「やりたい」と言った。ヒカルは「わかった」と言った。

ポーラはやり遂げたのだから、あとはヒカル自身が彼女の安全を確保してやればいい。

「さすがにそこまで気づいていたか……ならば」

クツワはダガーを抜いた。

「ここで騒ぎを起こすんじゃない。ただでさえ昨日の件でドレッド伯爵は神経過敏になっている。『夢幻蝶』に関わったという証拠を確実に押さえるまでは、泳がせるんだ」

「言ったはずだが？　おれはフラワーフェイスを取り戻すんだ」

「フラワーフェイスの功績には感謝しているが、彼女が救ったのは数百人の患者だ。結局、1万人を救ったのは特効薬を持ち帰った我らが諜報部《ちょうほうぶ》だ」

「…………」

「お前も情報収集で協力したそうだな。それには感謝しているが、ドレッド伯爵を放置すれば、この先皇都はさらに大きく混乱する」

皇国では、聖都アギアポールの「塔」に忍び込んで「呪蝕ノ秘毒」の特効薬を持ち出したのはヒカルではなく諜報部ということになっていることは、カグライから聞いてヒカルも知っていたが、まさか当事者である諜報部内でもそうなっているとは知らなかった。

(手柄の独り占めがそんなに重要か)

バカバカしい、と思うが、人が集まればそんなことは日常茶飯事なのだろう。組織の頂点にいるカグライやルヴァインに、ヒカルは軽い同情を覚えた。

「恨むなら——ビオス側《サイド》についた己《おのれ》の不見識を恨め」

傾斜のある屋根の上を、音も立てずに走り出すクツワ。ためらいなく振り抜かれたダガーの一撃を、ヒカルは短刀で受け流す。

追撃、追撃、追撃。それらを受け流し、よけ、受け流す。刃がぶつかると暗闇に火花が散る。

「ッ！」

ヒカルには斜面で戦った経験がほとんどない。足を滑らせて一瞬上体がよろけると、そこへダガーの切っ先が迫り、ヒカルはそのまま屋根を前のめりに転んでかわす。

「…………」

立ち上がったヒカルの息が上がっている。

（強いな……やっぱり。にわか仕込みの僕の戦闘技術じゃ、太刀打ちできそうもない）

これまで「隠密《おんみつ》」での戦い方に慣れすぎており、手数の多い正面からぶつかる戦闘は、ヒカルを大きく消耗させていた。それにヒカルは昨日からまったく寝ていない。

反対にクツワの肉体にはなんの変化もない。身体はリラックスしていて呼吸も一定だ。

「シッ」

「！」

傾斜を駆け下りるクツワは、ロケット弾のような蹴りをヒカルに向けて放つ。

（なんだよ、こっちにだって武器はあるんだぞ！）

見たところブーツに鉄板くらいは仕込んでありそうだったが、あまりに不用意な蹴りだった。蹴りをかわしながら足首へと短刀で斬《き》り上げる——と、

「!?」

刃先がブーツに触れるや鈍い手応え。金属音とともに短刀が根元から折れた。

一瞬の動揺を見逃すクツワではない。勢い余って屋根から落ちそうなものだが、ギリギリで踏みとどまると急速にUターンし、ヒカルのつま先を踏む。

逃がさない、という意志。

次の瞬間にはヒカルの鼻先に迫っていたダガーを間一髪でかわすが、頬に触れたのだろう、痛いというより、熱い感触が走る。

(短刀が折れたぐらいで動揺してる場合か！)

超接近戦になれば、超接近戦なりの戦い方がある。パンチは打てないので上体をねじって肘を打ち込むが、クツワはあっさりとそれを腕でガード。ダガーをヒカルの腹にねじ込もうとしてくる。折れた短刀の柄を握った拳を、クツワの手首に叩《たた》き込む。

「——ッ」

初めてクツワにダメージを与えた。クツワの手からダガーが離れ、屋根に当たると滑り落ちていく。ヒカルは足元の拘束が解かれるやすぐに距離を取ろうとするが、

「うぐっ」

クツワの長い腕が伸びてきてマントをつかまれ、引き倒された。即座にクツワは足を振り上げて鉄板入りのブーツでヒカルの頭を踏みつける。ガードよりも身体をひねったほうが早いが、勢いがついたヒカルの身体もまた転がっていき、ついに屋根から飛び出していく。

「チッ」

クツワは急いで屋根の縁まで走る。このまま相手が落ちて大きな音を立てると、結局は彼の望まなかった「騒ぎ」が起きてしまうことになる。

しかしクツワはそこで目を瞠《みは》ることになる――シルバーフェイスが落ちたはずの庭には、誰の姿もなかった。さらにはクツワが取り落としたダガーすら影も形もなかったのである。

「どういう、ことだ……？」

まるで狐につままれたような――今起きたことがすべて幻であったかのような感覚に、クツワは目を瞬いた。

「ふー……上手くいった」

着地するや「隠密《おんみつ》」を発動し、クツワのダガーを回収したヒカルは一息吐いた。

「……やっぱり正面からの戦いはできる限り避けたほうがいいな。僕はまだまだ力不足だし、そもそも向いていない」

頬に手を触れると、べったりと血がついた。清潔な白い布を出して傷口に押し当てながら、屋敷の外周を歩いていく。

「隠密」をフルに使えば一方的な戦いになったことだろうけれど、ヒカルがそれをしなかったのは――クツワの注意を自分に集中させたかったからだ。

ヒカルの「魔力探知」はすでに、屋敷内にいるある人物を捉えている。

「僕もすぐに行くけど、いちばん重要なところは君に任せたよ――ラヴィア」

ポーラを含む数人の魔力は一室に集まっていた。それは昨晩ヒカルが忍んで行ったドレッド伯爵の私室であり、カモリ家の庭で再び合流したラヴィアも、万一に備えてその室内に潜んでいる。

◇

伯爵が直々《じきじき》に会うと言うので、ポーラはカモリとともに地下室から移動していた。そのせいで令嬢による「雇ってやる」発言はうやむやになっている。今のところは。

ボサボサの白髪頭の男を見たとき、着ている服が普段着だったら絶対この人が貴族だとは気づかないだろうな――なんてことをポーラは考えた。

「……娘は回復したようだな？　カモリ、よくやった」

「は、はっ！　お褒めいただき光栄《こうべ》でございます！」

滴《したた》る汗を拭いながらカモリが頭を垂れている。なぜこんなにもカモリが動揺しているのかとポーラは疑問に感じたが、そういえばカモリは「夢幻蝶」の取引から手を引きたいと、それをドレッド伯爵に申し出るつもりだったっけと思い出す。

「閣下、しかしながらカモリの息子がお嬢様に『夢幻蝶』を勧めたのです。褒める必要はないかと愚考しますが」

先ほどの若い執事が進言すると、

「いや、ちょっ……！　そんなことは――」

「ない、と言うのか？」

「し、しかし、その……」

執事ににらまれたカモリは、ますます汗をかいて言葉に詰まる。

室内では執務机を挟んで伯爵とカモリが向かい合い、若い執事以外に、執事長らしい年かさの男が伯爵の後ろに控え、部屋の入口には護衛騎士が2名、直立不動していた。ドレッド伯爵の配下たちは、カモリを冷ややかな目で見ている。

「……止《よ》せ。娘がそそのかしただろうことくらい、わかっておる」

「しかし閣下」

「娘を大切にしてくれるのはありがたいが、事実を曲げることはよくない――そうだろう、カモリ？」

「は、はっ。ご賢察に、ただただ恐れ入るばかりでございます……」

伯爵にフォローされて安心するかと思いきや、カモリが顔をますます青ざめさせているのにポーラは内心で首をかしげる。だがその理由はすぐにわかった。

「今後はお互い、ますます気をつけて『夢幻蝶』を扱わねばならんな？」

「……ッ！」

伯爵はこう言いたいのだ。ここは、ひとつ貸しにしてやるから、お前はもっと「夢幻蝶」の取引に精を出せ、と。

（もしかして伯爵はカモリさんが取引から抜け出したいことを知っていたのでしょうか？）

脅しに近い言葉にカモリは怯《ひる》んだが、それでもここに来るまでに覚悟はしてきたのだろう。

「か、閣下、ひとつ申し上げたく存じます」

「なんだ」

「私は、今回のことでほとほと反省いたしました。他ならぬ息子や、閣下のお嬢様まで巻き込む『夢幻蝶』はあまりにも危険で――」

コン、コン、と扉がノックされた。

いいところで言葉を切ることになってしまったカモリを、じっ、と伯爵は見ていたが、

「――入れ」

声を掛けると、一抱えほどの木箱を持った騎士が室内へと入ってきた。

騎士はドアと伯爵とのちょうど中間あたりで足を止めた。

いったいなにが……とポーラが思っていると、伯爵はおもむろに口を開いた。

「カモリよ。お前は我が伯爵家のためによく働いてくれており、非常に感謝している」

「は、はっ……ありがたきお言葉」

「お前と同じように働いてくれていたリードラという商家を覚えておるか？」

「は？　も、もちろんでございます……我々が検問を通した『夢幻蝶』をお渡しするのが、リードラ家の雇った方々ですから」

「そのとおりだ。市井《しせい》に行き渡るにはその間にまた3回くらい挟むが、まあそれはよい。そのリードラがな、数日前にこんなことを言い出したのだ……『夢幻蝶』の取引をやめたいと」

「!?」

彫像のように凍りついたカモリなどまるで気づいていないかのように、伯爵は言う。

「……ひどい話だとは思わんか？　私が開発までの道筋をつけたこの『夢幻蝶』を、お前やリードラに任せていたのも、ひとえにお前たちが信用できたからだ。現に、すばらしく大きな利益も出ている。そうだろう？」

「は、はい……」

「だというのに取引をやめたいなどと……。どうやら何者かに嗅ぎつけられ、尾行がついていたようだが、その程度でやめるなどと言い出すとは、まったく嘆かわしい。信用を裏切られ、私もひどく落ち込んだのだよ」

ちらり、ちらり、と伯爵が、騎士の持っている木箱を見るので、青を通り越して土気色になった顔のカモリが口を開く。

「そ、その、そちらの、騎士の方がお持ちの、箱は……？」

「ああ、これか。――おい、見せてやれ」

騎士は木箱の側面を、上にスライドさせて中を見せる。

「――いっ」

「!!」

魔導ランプの光に浮かび上がった中身は、ポーラが見たこともない男の顔――苦悶《くもん》に表情をゆがめた男の生首がそこにあったのだ。血はすでに乾いていたが、肉が腐っているというほどではない。昨日か一昨日あたりに殺されたのだろう。

思わず声が出そうになったのをポーラがこらえられたのは、自分よりも狼狽《ろうばい》しているカモリがすぐそこにいたからかもしれなかった。

「ひ、ひ、ひぃっ」

カモリはその場に座り込んでしまった。

「ほんとうに嘆かわしい……そうは思わないか、カモリ？」

伯爵の目がカモリを見つめ、離さない。

「そうそう、お前の話の途中だったな……なんだったかな？」

「あ、あう――」

ぱくぱくと口を動かしたカモリだったが、伯爵の目に見つめられ、

「な、な、なんでも……ありません」

「そうか？　これからも『夢幻蝶』で大儲《おおもう》けしようじゃないか」

「も、もちろんでございます……」

完全に心を折られたカモリは、平身低頭するしかなかった。

そこへ、コンコン、と軽やかなノックの音が響いた。これは予想外の訪問だったのか、ドレッド伯爵は騎士に「片づけろ」と言って木箱を閉じさせると、ドアを開くように命じた。

「お父様！」

「おお」

入ってきたのは先ほどポーラが回復魔法をかけた少女だった。茜色《あかねいろ》のワンピースを着たその姿は、腕や足が細く痛々しくはあったが、頬には血色も戻っている。ちゃんと食事を取れば一月もしないうちに元に戻れるだろう。

立ち上がった伯爵のところへ令嬢は走っていき、ひし、と抱きついた。彼女と入れ替わりに生首を持った騎士が外へと出て行き、ポーラはポーラでカモリを抱き起こした。

「……大丈夫ですか？」

「……も、申し訳ありません、聖女様」

「……平気ですよ、これくらいは」

「……違います、違います……あなた様を巻き込んでしまったことを……」

巻き込んだことを謝る――ポーラが「どういうことだろう」とわからないでいると、

「お父様！　もう頭もすごくはっきりしているの。なんであんなバカなものに手を出しちゃったのかしら……」

「そうかそうか。ほんとうに治ったのだな？」

「もちろんよ！　お腹空《なかす》いちゃったけど、先にお父様に会いたくて飛んできたのよ」

「わはは。可愛い娘だ」

ぎゅうと抱きしめるドレッド伯爵は、こうして見るとふつうの父親なのだが――先ほどの生首を思えば、もちろん「ふつうの父親」であるはずがない。

「それでお父様――お願いがあるの」

「なんだい？　言ってごらん」

「そこの魔法使いを私の侍女にしたいの」

すると伯爵の表情が、娘に向けた笑顔のまま止まった。

「……どうしてそう思ったのだい？」

「だって、あれほどの腕があればなにかあったときに便利でしょ？　それにさっき約束してしまったのよ、この人をわたくしが雇ってあげるって」

それは勝手に言ってきただけで、約束した覚えはない。だがポーラが口を開こうとすると、カモリがぐいと袖を引っ張った。

「どうかそのままに、そのままに……そうでないと聖女様も口封じされてしまいます……」

そうか――とポーラはようやく得心がいった。「巻き込んだことを謝る」のはつまり、ポーラもまた「目撃者」であり、ドレッド伯爵からすると「亡《な》き者にすべき相手」だからだ。

「……ありがとうございます、カモリさん。わざわざ教えてくださって――でも」

ポーラはそのとき、微笑《ほほえ》んでいた。

なぜこの状況で笑うのか――まったくわからず、カモリがきょとんとしていると。

「ドレッド伯爵、お嬢様。私の用件は終わったので帰ります」

ポーラはそう、言い放った。

「ちょっと待ちなさい。わたくしがあなたを雇うと言ったはずよ！」

「私はすでに雇われ……いえ、運命で結びついた御方と行動を共にしていますから、誰かに雇われることはありません」

「!?」

断られることなど想像もしていなかったのだろう、令嬢は驚いて言葉を失うが、ドレッド伯爵は不愉快そうに顔をしかめる。

「……自分の立場がわかっていないようだな？　『夢幻蝶』のことは極秘だ。お前をそのまま帰すわけがないだろう？」

「お父様？　それはどういう……」

「お前はまだ知らなくてよい――これは貴族の作法だよ」

娘に向ける顔は、あくまでも柔和な父親の顔だとわかってポーラは小さく笑う。

「ふふふ」

「なにがおかしい？」

「いえ。『貴族の作法』というものが、国民が苦しんでいるときに違法薬物を流通させて、お金を稼ぐことなのだと思うと……私の考えている貴族様とは違いましたので」

「……そうか。ならば、相容れぬということだろう――この女が、身動きできないように縛り上げろ。屋敷内でカタをつけるのは気分が悪いからな、別邸に移そう」

「はっ」

と、ドアのそばにいたふたりの騎士が動き出す。

「せ、聖女様、今ならまだ間に合います！　謝ってください！」

カモリはポーラに言うのだが、しかしポーラが見せたのは、

「……カモリさん、残念です。それでもあなたは己《おのれ》の信義を貫くのかと思ったのですが」

悲しげな表情、だった。

「あ……」

そのときカモリは知る。この人物は自分に期待していてくれたのだ――「夢幻蝶」取引

に手を出している自分を救ってくれたのは、期待があったからなのだ。それは「夢幻蝶」取引から手を引き、「夢幻蝶」を撲滅する手助けをするだろうという期待だ。

　だが、カモリは期待を裏切ってしまった――。

「聖女、様……」

　カモリが見ている彼女はうろたえてはいない。彼女は絶対に自分が安全だと信じ切っている。その自信がどこからきているのか――考えるよりも早く、答えは訪れた。

「『我が呼び声に応えよ精霊。走る狐火より立ち上る炎は壁のごとく、向かい来る危うき心意を燃やし尽くせ――』」

　いったい今の今までどこにいたのか、まるでなにもなかったところに降って湧いたように現れたのは、「彷徨の聖女」と同じような仮面を着けた少女だった。

　彼女の身体から立ち上る魔力は火の粉のようにきらめき、騎士たちはハッとするが――それはあまりにも遅かった。

「『地走り炎壁《フレイムウォール》』」

　発動した火魔法によって室内は真昼のような――いや、それをはるかに超える明るさと、熱気に包まれる。床から噴出する炎は天井にまで届き、人々を分断する。

「な、なんだこれは!?」

「キャアーッ！」

「閣下、お嬢様!!」

「くせ者だ!!」

叫び声が上がるが、カモリは呆然《ぼうぜん》とその光景を眺めることしかできなかった。部屋の隅にいた魔法使いは、つかつかとこちらにやってくる――騎士たちは炎の壁に遮られて、敵を倒すよりも伯爵を助けるほうを優先したようだ。

「……一応、ギリギリまで待ってみたんだけど。きっとフラワーフェイスなら、彼らが改心する可能性を信じてるのかなって」

「うん……そうだったんだけど。残念な結果になっちゃった」

今までとは違う、あどけない口調で聖女は言った。

「この人は？」

「…………」

カモリを指差しながら仮面の少女が聞くと、聖女は首を横に振る。

「そっか。じゃ、行こう」

彼女たちは部屋のドアではなくバルコニーへと続く扉を開いた。

「あ……」

　ふたりが離れていくその背中にカモリはなにかを言いかけ、しかし自分がなんの言葉も持たないことに気がついた。

◇

　ドレッド伯爵の部屋の真下にやってきたヒカルは、ラヴィアの魔法が発動したのに気づいた。窓が明るくなり、中からは悲鳴が聞こえる。

　少ししてバルコニーにふたりが出てきたのでホッと息を吐く。

「こっちだよ」

「ん。受け止めて」

「え？　——うわぁ!?」

　ヒカルの姿を認めたラヴィアは、なんのためらいもなく手すりをよじ登ると飛び降りた。それを抱き止めるが、ずしん、と腰に響いた。

「ちょ、ラ、ラヴィア……いきなりこれはキツイよ……」

「でもヒカルなら受け止めてくれるってわかってたから」

　両腕で首に抱きつかれるのは心地よかったけれど、なんだかラヴィアの甘えん坊度が上がっている気がするヒカルである。

「中でなにがあったの――」

「わ、わ、わわわわわわわわ」

「ちょ、うわあ!?」

ラヴィアにたずねている途中で、手すりを乗り越え、そこにぶら下がろうとしたポーラが手を滑らして落ちてくる。

ひらりとラヴィアは横に飛びのいたが、落ちてきたポーラを受け止めたヒカルは、そのまま尻餅をついた。

「いだっ、だ、だ、だ、だ……」

「だ、大丈夫ですか、ヒカル様!?」

「お、大きな声で、僕の名前、呼ばないで……」

「すす、すみません――って、ヒカル様、頬に傷が!?」

名前呼ばないでと言った直後にこれだった。

ポーラが回復魔法を使おうとしたが、屋敷の外を警戒していた警備兵たちがこちらに走ってきたのを知り、ヒカルは急いで「集団遮断」を発動してその場を離れる。

目指したのは、ポーラが入るときに使った裏口だったが、向かう先にひとりの男が立っていた。

「……来たな、シルバーフェイス」

クツワだ。

先ほどは「隠密《おんみつ》」を全開にしていても気づかれたので、「集団遮断」ではもっとはっきり察知できるのだろう、クツワの目はヒカルたちの方向に向いていた。

「集団遮断」を解いて、ヒカルは言う。

「おれたちがここに来ると踏んでいたのか？」

「……昔から勘は働くからな」

「ああ、そのようだな」

「……？　なんだ、その言い方は」

「こっちの話だ」

実は、ヒカルはすでにクツワとの至近距離の戦いで、ソウルボードの確認を済ませていた。あのときヒカルは時間稼ぎと注意をそらすことを目的としていたからだ。

【ソウルボード】クツワ＝フィ＝ナインスアクス　年齢21／位階35／3

【生命力】

【自然回復力】1／【スタミナ】2／【免疫】―【毒素免疫】3

／【知覚鋭敏】―【視覚】2

【筋力】

【筋力量】4／【武装習熟】―【小剣】3・【投擲《とうてき》】1
【敏捷性《びんしょうせい》】
【瞬発力】4／【柔軟性】2／【バランス】3／【隠密】―【知覚遮断】2
【器用さ】
【器用さ】3／【道具習熟】―【薬器】2
【直感】
【直感】9／【探知】―【生命探知】1

「東方四星」のサーラのソウルボードによく似ていたが、突出しているのはやはり「直感」9だろう。

（「直感」はやっぱり厄介だな……）

ヒカルは自身も「直感」を持つことでそのカウンタースキルにしようと思っているが、まだレベルは3で、もっと上げなければいけない。

（諜報部員《ちょうほうぶいん》なのに貴族家の生まれなのか、とかツッコミどころはあるけど、それはともかく――気をつけなければいけないのは「直感」だけ。彼はそれを「勘がいい」という認識なんだな）

ヒカルはラヴィアとポーラを置いて、前へと出た。

「あれほど忠告したのに、よくも騒ぎを起こしてくれたな……シルバーフェイス」

「知ったことか。悔しかったら大好きな皇帝にでも泣きつくんだな」

「お前、さっきの戦いで俺との実力差がわからなかったのか？　それとも、仲間が後ろにいるから強気なのか？」

「諜報部《ちょうほうぶ》なのにずいぶんおしゃべりなことだ。言いたいことが済んだなら、どけ」

「……通さないと言ったら？」

「意味のない戦いだ」

「どうかな。伯爵家には内通者を忍び込ませている。俺がお前を殺してそいつの手柄にしてやれば、そいつは伯爵の覚えもめでたくなり、内部で出世できるだろう。いいアイディアだとは思わないか？」

「…………やれやれ、なにもわかってないな」

「なんだと！」

ヒカルはため息をついた。ほんとうに、クツワは、なにもわかっていない――。

「つべこべ言わずかかってこい。お前の憂さ晴らしに付き合ってやるよ」

「ほざけ！」

爆発的なダッシュでクツワが突っ込んできた。手にしているダガーは先ほどとは違う小ぶりのもので、それは予備の武器なのだろう。

「貧相な武器だな——返すよ」

ヒカルは懐から抜いたクツワのダガーを、彼目がけて投げつける。「筋力量」2、「投《と》擲《てき》」2があるヒカルのナイフ投げはその身体に見合わないほど強烈なもので、クツワの眉間に吸い込まれるように突き進む。

「ふん」

だがクツワもほんのわずか首をひねるだけでそれをかわす。その間もヒカルから目をそらすことはない。だから投げつけると同時に間合いを詰めてきたヒカルにも、悠々と対処してくる。

「はあああぁッ！」

「おおおおお！」

ヒカルの抜いた武器と、クツワの予備のダガーとがぶつかる——しかしヒカルの短刀はすでに折れており、武器として使ったのは鞘《さや》だった。

「！」

驚いたのはクツワだった。ダガーの刃が鞘にめり込んだが途中で止まり、力勝負の押し合いになるかと思ったそのとき、手を離したヒカルがくるりと身体を回転させて黒のマントを翻したのだった。

そのわずかな一瞬、ヒカルの姿を目で追えなくなった。

「目くらましを……！」

クツワは即座に踏み込んで鉄板を仕込んだブーツで前蹴りをかます——のだが、その足はただマントを巻き込んだだけで空を切った。

「!?」

ヒカルはマントを脱ぎ捨てていた。

そこにいるはずの人間は——どこにもいなかった。

「————」

次の瞬間、クツワの視界は、意識は、闇に閉ざされた。きっと彼はなにがどうなったのかもわからなかったことだろう——まさか自分の背後にヒカルが回り込んで、その首筋に手刀を叩《たた》き込んだとは思いもよらなかったに違いない。

「……死んだか？　死んでないよね？」

マントで目くらましをしたヒカルは「隠密《おんみつ》」を発動した。一度視線を切れれば、この夜の闇では姿を消すのもたやすい。さすがのクツワも驚きが勝って「直感」を働かせる余裕もなかったようだ。

「隠密」が効けば、「暗殺」スキルも同時に発動する——その説明はこうなっている。

【暗殺】……相手に気づかれず攻撃を行った場合、攻撃が致死性を持つよう運命を支配する。最大で3。

これまでの経験上、素手で殴るくらいでは死なせるまでには至らないはずだった。脈を確認するとクツワは生きているのがわかり、気絶しただけのようだ。

「うまくいったか……」

拾い上げたマントをはたいて、もう一度身に着ける。短刀の鞘《さや》も回収しておく。自分の身元につながるものはすべて回収しておくに限る。

「隠密」での戦いは事前に打つ手がすべてだとヒカルは知っている。

ダガーの投擲《とうてき》、鞘での迎撃、マントでの目くらまし、という3段階を踏んだのは、ヒカルの目的が『隠密』を発動させること」だということがバレないようにするためだった。さっきの戦いで正面から戦ったこともうまく影響した。クツワは、ヒカルが肉弾戦を挑んでくるとしっかり勘違いしてくれた。

「ヒカル、大丈夫？」

「お怪我《けが》はありませんか」

「うん、問題ないよ」

ヒカルはふたりとともに急いで屋敷の裏口から外の通りへと出た——ところで、立ち止まった。

「じゃあ、ふたりは先に宿に戻っていてくれるかな」

「……え？」

　当然、いっしょに帰るのだろうと思っていたヒカルがそんなことを言ったので、ラヴィアが怪訝《けげん》な顔をする。

「僕はちょっとやることが残ってるから」

「でも――」

「わかりました。ヒカル様、でも回復魔法だけかけさせてください」

「ポ、ポーラまで」

　すんなりと納得したポーラに、納得できないラヴィアが口を尖《とが》らせる。

「私は……ヒカル様が、私を信用してやりたいことをやらせてくださったことがほんとうにうれしかったんです。そのヒカル様が、やるべきことがあるのでしたら、私はそのお力になれるよう全力を尽くすだけです」

　そうして回復魔法を詠唱し始める彼女の横で、ラヴィアは、

「むむむ……ポーラが手強《てごわ》い」

「手強い？　それは言葉の使い方が違うんじゃ……」

「ううん、それでいいの。ヒカルはわからなくていい」

　ぷっと頬をふくらませて、ラヴィアがそっぽを向いてしまった。

「あははは……ラヴィア、僕だって君を信用して任せたじゃないか。ポーラを救い出すところは、君にしか任せられないと思ったから」

「……それは、わたしがやりたいって思ったから勝手に言い出しただけで」

確かにポーラを直接助け出すのはラヴィア自身がやりたいと——ポーラがいなくなったことの責任を彼女がいまだに感じていたから——言い出したことだった。カモリ邸でポーラと話をしたヒカルが、ポーラが自分の意志で行動していることを当然ヒカルもラヴィアに説明したが、ラヴィアはなかなか受け入れられなかったのだろう。

「だったら、同じだよ。ポーラも自分のやりたいことをやって、僕も自分のやりたいことをやる。そしてラヴィアもやりたいことをやった」

「……同じ？」

「同じだよ。僕らは案外、似た者同士なのかもね」

自分に信念があって、それをまげられないのだ。

ちょうどポーラの回復魔法が発動し、ヒカルの傷はすべて塞がった。ポーラがハンカチでヒカルの頬の血を拭ってくれる。

「ん。わかった。それでいい……でもポーラとはちょっとお話がある」

「え、お話って？」

「……わたしたちをこれだけ心配させたこと、話し合わなきゃいけない」

「ひ、ひええっ⁉　ヒカル様、ラヴィアちゃんの目が怖いです！」

「それは、ふたりでごゆっくり」

「ヒカル様⁉」

　ヒカルはふたりの背中を押して、手を振った。ラヴィアもポーラもふたりで手を振ってから、同じように夜の闇へと消えていく。

「……さて、と」

　裏口を通って屋敷へと戻る。やらなければいけないことは、この中でのことだった。

「お、俺は……」

　先ほど戦った場所では、クツワが後頭部を押さえながら起き上がるところだった。

「早いな、もう目が覚めたのか」

「⁉　シルバーフェイス！」

　武器が手元にないので拳で構えを取ったクツワに、ヒカルは呆《あき》れた声を出す。

「おいおい……おれに完敗したのに、まだやるのか？　大体、アンタがやらなきゃいけないのはこんなことじゃないだろ」

「……それは、そうだが……もう終わりだ。ドレッド伯爵は『夢幻蝶』取引の証拠をすべて消すはずだ。すべてを目撃した『彷徨の聖女』に逃げられたのだからな」

「ああ。つまり、まだ証拠は残っているということだ」

「だからなんだ？　騎士と警備兵が警戒心たっぷりに駐屯しているこの屋敷に突入するとでもいうのか？」

「そのとおりさ」

「バカを言え……死ぬことが怖いなどと言うつもりはないが、無駄死にはごめんだ」

「はあ……やっぱり、なにもわかってない」

ヒカルはわかりやすいほどあからさまに、ため息をついた。

「さっきからなんなんだお前は！　自分はすべてわかっている、みたいなフリをして！」

「むしろ、なんでお前はわからないんだ。この騒ぎを」

ヒカルが人差し指を立てる——彼らの耳にも届いている、屋敷内の大騒ぎ。間もなくここにも人が来るだろう。

「騒ぎになったことくらいとっくに承知している」

「いいや、承知していないな」

「なにが言いたい！」

「この騒ぎの原因は、おれたちじゃない」

「なにをバカなことを……」

「正確に言えば、おれたちの後に、ある出来事が起きている」

「…………」

クツワはここでようやく、耳を澄ませ、周囲を観察した。

「！　表の門か！」

「まだある、と言っただろ。冒険者たちに気を取られている今だからこそ、内部は手薄に」

「ああ……だから証拠は」

「それくらい、彼らは頭に来ているんだ。『夢幻蝶』で人生を失ったのはむしろ貧困層だからな……。さあ、それじゃおれは行くぞ。ドレッド伯爵はこれから証拠を消すはずだ」

「バカな……平民が貴族に刃向かったらその末路は知れているぞ」

「冒険者だよ」

「いや、しかしそんな……皇都守護軍か？　どこかの貴族が兵士を動かしたのか？　そんな情報は聞いていないぞ」

ヒカルはそう当たりをつけており、実際にそれは正解だった。

（もしかしたら、ギルドの受付嬢のカタリナさんが言っていた『盗賊ギルド』かも）

それはおそらく、カモリ家を見張らせていた冒険者たちの勝手な動きのようだが――それだけでなく、こそこそと屋敷に忍び込もうとしているのが数人いるので、

ドレッド伯爵邸に向かっている大勢の気配を。

ヒカルは「魔力探知」でずいぶん前から――それこそ屋根の上でクツワと戦っていたときからわかっていた。

「多くの人間が押し寄せている……!?」

「正解」

なる。ドレッド伯爵は証拠を消す、つまり燃やすか外へ運び出すタイミングで、必ず隠し場所から出さなければならない」

「!!」

ようやくクツワも理解したらしい。

「そいつを奪い取る千載一遇《せんざいいちぐう》のチャンスだとは思わないか？　探す手間が省けていいじゃないか」

仮面の向こうで笑うヒカルを——シルバーフェイスを見たクツワは、背筋が凍るような感覚を覚えた。

彼は後になって諜報部《ちょうほうぶ》内でこう報告したという。

——そのときシルバーフェイスが、全能の神……あるいは、その手先のように見えた。と。

エピローグ　交渉は難しいが、手がないわけではない

皇帝カグライからの呼び出しがあり、教皇ルヴァインは大急ぎで正午過ぎに皇城へと向かった。前回と同じ謁見《えっけん》の間《ま》、同じメンバー――ではなく、カグライの隣にはたったひとり、この皇国の政務全般を見ている宰相《さいしょう》だけがいた。

「早速であるが、貴国と我が皇国との停戦協定をまとめようと思う」

「は……？」

思いがけず皇帝が切り出した言葉に、ルヴァインは目を瞬いた。

「皇都民への無償の治療行為、それに我が国貴族を訪問し、誤解を解くべく面談を重ねてくれたことを、余は高く評価し、よって貴殿の希望であった停戦協定を結ぶべく本日お招きしたのである」

「……誠にありがとうございます」

ルヴァインにとっては寝耳に水のことではあったが、皇帝の気が変わらないうちに協定をまとめられるならまとめてしまったほうがいいと思い直す。

「驚かれたかな？」

「はい。もっと時間がかかるだろうと思っておりましたので……陛下も同じお考えだったでしょう？」

暗に、「先代教皇がやったことに対する意趣返し」をしてきた皇帝に、そのことをほのめかすが、カグライは特になにも感じなかったようだ。

「いいや。余は、正当な働きには正当に報いるだけである」

「……それはつまり、先ほどおっしゃった奉仕活動と説得活動が？」

「そういう側面もあろ」

「あるいはシルバーフェイスが――」

ぴくり、とカグライの眉が動いたのをルヴァインは見逃さなかった。

「ひょっとして、今朝、騒がしかったドレッド伯爵邸のことが影響を？」

「……貴殿はドレッド伯爵についてなにかご存じなのかな？」

「はい。実はドレッド閣下は、私が挨拶回りについて打診すると真っ先に面会をしてくださったのです」

「そうであったか」

とカグライは言ったが、それだけだった。

ルヴァインはルヴァインで独自に皇都の情報を集めており、今朝早くからドレッド伯爵邸を皇国兵士が囲んだらしいことはつかんでいるものの、それ以上の情報はなかった。

「では停戦の条件について話したく思う。宰相《さいしょう》」

「はっ」

ここで交渉の相手は宰相に変わるらしく、それからルヴァインは長い時間をかけて協議を行うこととなった。
1　クインブランド皇国は本日をもって、聖ビオス教導国の国境を侵している皇国軍を引き上げること。
2　聖ビオス教導国はビオスの聖金貨をもって「呪蝕ノ秘毒」災禍についての賠償を行うこと。ただしその災禍については「流行病《はやりやまい》」として原因を伏せるが、今後教会は積極的にクインブランド皇国内における治療活動の要請に応えること。
3　ソウルカードの開発、製造については、クインブランド皇国がこれを進めてもよいとするが他国への販売を行わないこと——聖ビオス教導国はソウルカードの販売額を1割減額すること。開発者の名前と種族について教会が公開し、これを讃えること——。
大きくは、その3項目が定められた。

賠償金額はすさまじい額となったが、ルヴァインの想定の範囲内だった。「塔」の資産を売却しまくれば問題ないだろう——問題は、これに乗じてポーンソニア王国も賠償を請求してくるかもしれないことだが、王国の被害は軽微なのでなんとかなる見込みだ。

「——こんなところでしょうな、陛下」

「ルヴァイン聖下、本日はありがとうございます」

「うむ」

協定内容をまとめた書類をお互い1部ずつ保管し、カグライとルヴァインがそれぞれ直筆でサインする。魔道具によってサインされたそれは誓約証書となり、偽造が不可能となる。

「ルヴァイン教皇は、よき部下をお持ちだな」

最後に、そんなことを言われた。それがシルバーフェイスを指しているのであろうことはなんとなく察せられた――。

「ええ、しかし彼は……」

言いかけたルヴァインは、はたと気がついて言い直す。

「……なかなかコントロールが難しい男ですからね」

「そうであろ。余も、そう見ておる」

このとき初めて、にんまりとカグライが笑ったのだった。

ルヴァインと3人のテンプル騎士が、夕日の射し込む謁見《えっけん》の間《ま》を出て行く――誓約証書を持つ騎士のひとりは緊張で身体が強張《こわば》っていた。

それを見送り、部屋にはカグライと宰相のふたりだけが残った。

「……陛下、これから忙しくなりますな」

「うむ」

ふたりの会話はそれだけで済み、十分に意思の疎通はできていた。

昨晩遅くに諜報部《ちょうほうぶ》のクツワが持ち帰ったのは、とんでもない代物だった。ドレッド伯爵が受け取った書簡、彼の帳簿、指示書などはすべて「夢幻蝶」に関するものだった。

ドレッド伯爵が怪しいとにらんでいたものの、「呪蝕ノ秘毒」によって弱体化した皇都では現金を持っている伯爵の力は強く、強権を発動して捜査することができなかった。

諜報部の持てる力を全部投入してもドレッド伯爵はなかなか尻尾を出さず、「夢幻蝶」は皇都に静かに広がっていった。

その――歯がゆさを、無念さを、すべて晴らすことができる物証こそが、クツワの持ち帰ったものだった。

クツワは背中にまで傷を負っており、この物証を奪い取る任務がすさまじく困難であったことがわかった。だが彼は言葉少なく、こう言った。

――シルバーフェイスに助けられました。アイツがいなければ、これを持ち帰るどころか、目にすることもできなかったでしょう……。

感謝に満ちた口調というよりも、どこか悔しそうに。

盗賊ギルドの精鋭もドレッド伯爵邸に侵入を試みたようだったが、そちらの結果はまだわからなかった。

冒険者たちによるドレッド伯爵への抗議は夜通し行われており、結果、カグライは「治安活動のため」という名目で皇都守護軍を出動させた。証拠は手元にあるので、目的はドレッド伯爵や彼の悪事を知る者を逃がさないことだ。

伯爵の戦力はクツワやシルバーフェイスとの戦いですでに傷ついており、ドレッド伯爵はなすすべもなく捕縛された。

今後、皇都は混乱する――ドレッド伯爵はなんだかんだいっても皇都の経済に強い影響力を持っていたのだ。彼が失脚すればその後釜を狙う者が現れ、競争も激しくなろう。

「シルバーフェイスは……ルヴァイン教皇の手の内にあると思うかえ？」

カグライの問いに、宰相《さいしょう》は首を横に振った。

「いいえ。教皇聖下のご様子を見るに、『配下』という感じではありませんな」

「余も同意見よ。宰相、わかっておるな？」

「承知しました。シルバーフェイスを、我が皇国に招き入れるべく力を尽くしましょう」

「金は惜しむな。あれほどの能力、今まで埋もれていたのが不思議でならぬ」

こうして、クインブランド皇国の頂点からも注目されてしまったシルバーフェイス。彼を捜して皇国に所属するよう働きかけるために、諜報部がまたも全力で動き出すことになった。

ルヴァインが屋敷に戻ってきたのは夕方になってからだった。皇城に滞在していた時間は半日ほどにもなる。

彼に付き従って皇都にやってきたテンプル騎士と神殿兵が集まってくる。

「……停戦協定は成立しました。皆さん、聖都アギアポールに帰りましょう」

ルヴァインが疲れ切った顔で言うと、玄関ホールは歓声に包まれた。

明日にも皇都を出発することとし、今夜はお祝いのパーティーだとばかりに、5人のテンプル騎士と5人の神殿兵が張り切って夕食の準備を始めた。

ルヴァインはひとり、自分の部屋へと戻った。

夕陽が射し込む部屋は茜色《あかねいろ》に染まっている。そういえば、皇都に来た日もこんな夕焼けだったとルヴァインは思い出した。

「……シルバーフェイス、いるのですか」

彼は声を発したが、返ってきたのは沈黙だった。

その沈黙は「停戦協定が成立したら、おれはサヨナラだと言っただろ？」という彼の言葉のような気がした。

報酬に上乗せするつもりだったし、それは一般人が望むべくもない大金になるはずだった。だけれどシルバーフェイスは――もうルヴァインの前には現れないような気がした。

「……皇都での目的は達成し、我が身は生きて帰れるというのに……」

彼の口から、彼がこの皇都でどんな冒険をしたのか、どんな影響を皇国にもたらしたのか、聞きたかった。

だけれど、ルヴァインはもうその望みは叶《かな》わないだろうと思った。

「……悲しいですね、シルバーフェイス」

夕焼けに染まる皇都を、窓際で眺めながらルヴァインはつぶやいた。

「ですが、私はあなたをあきらめませんよ」

◇

夕方、クインブランド皇国の南東にある宿場町に乗合馬車がたどり着いた。

「お客さん、着きましたよ～。ありゃ？　その人、ずっと寝てたのにまだ寝てるんですかい」

御者が客席をのぞき込むと、少女に膝枕をされた少年がいた。

「ん。疲れてるから」

「そうかい。でも着いたから起こしてくんな」

「わかった。——ヒカル、起きて」

ぱちりと目を覚ました少年——ヒカルは、欠伸《あくび》しながら、ラヴィア、ポーラとともに馬車を降りた。

「ああ……よく寝た」

「ヒカル様、ほんとにずっと寝てましたね」

「わたしは馬車酔いでふらふらしてるのに……気持ちよさそうに寝ててちょっと嫉妬した」

2晩寝られなかったヒカルは、朝早くの乗合馬車に乗り込んで皇都を離れると、移動時間はずっと寝ていた。おかげで身体はバキバキだ。

「ラヴィアも寝たらいいよ。乗り物酔いは寝るに限る」

ヒカルたちはそんなことを言いながら宿を探した。

ヒカルはわかっていたのだ。あのまま皇都に留《とど》まれば、今度は自分がターゲットにされることを。ルヴァインはもちろんなんだかんだ理由をつけて聖都アギアポールまで自分を連れ帰ろうとするだろうし、カグライも自分を欲しているような目をしていた。

「——ヒカルなら、どこでもうまくやれると思うけど」

「僕が任務任務またまた任務で、何日も帰って来ない生活になってもいいの？」

ラヴィアの言葉にヒカルが聞き返すと、「絶対イヤ」ということだった。

「大急ぎで皇都から出てきましたけど、これからどうします、ヒカル様？」

「ポーンソニア王国に戻るよ。それで『世界を渡る術』のケリをつけなきゃ……それが終わったら、休みたい。何日も何日も、なんにもしないでずーっと休みたい！」

「わたしは本を読みたい」

「私は——教会に行こうかな……」

ぽつりとポーラが言うと、

「ポーラは仕事中毒だなぁ」

「ポーラは不健康」

ヒカルとラヴィアが口々に言った。

「ひどいです！」

3人はたわいない会話を続けながら、夕焼けに染まる宿場町を歩いていく。

食堂や酒場には明かりが灯《とも》り、にぎやかな声が聞こえ、宿という宿では客を呼び込む店主たちが大声を上げていた。

知らない町の知らない風景。ここにいる誰もが自分たちのことを知らないと思うと、今のヒカルにはそれがとても心地よく感じられた。

〈『察知されない最強職 8』完〉

ヒーロー文庫

察知《さっち》されない最強職《ルール・ブレイカー》 8

三上康明《みかみやすあき》

2021年4月10日　第1刷発行

発行者　前田起也

発行所　株式会社　主婦の友インフォス
〒101-0052 東京都千代田区神田小川町 3-3
電話／03-6273-7850（編集）

発売元　株式会社　主婦の友社
〒141-0021
東京都品川区上大崎 3-1-1 目黒セントラルスクエア
電話／03-5280-7551（販売）

印刷所　大日本印刷株式会社

ISBN 978-4-07-447296-3